志馬なにがし

夜が明けたら朝が来る

GA文庫

CONTENTS

1・朝の門司港

大好きなママへ。

今まで本当にありがとう。

これはママを想(おも)って作った曲です。

☀

「アサ～！　朝ごはんにするよ～！」

キッチンからママの声がして、パパにごはんをあげなきゃって思ってベッドから起きた。

キッチンからふたつのお椀(わん)を「熱い、熱い」ってこぼしそうになりながら運ぶママを避けて、私は炊飯器へ向かう。

小さな仏壇(ぶつだん)用の器(うつわ)にごはんを盛ってパパのところに持って行く。狭い我が家には仏壇はなくて、写真と線香立てだけがある。パパは相変わらず写真の中で笑っていた。

お線香を立てて、チーンってして、手を合わせる。

そのチーンって音で、今日も一日が始まったって気になった。

窓を開けて朝の空気をいっぱいに吸い込むと、ひんやりとしていて気持ちがいい。

思わず、

「完全な黒なんてないんだって〜♪」

ノリノリで推しの歌を口ずさんでしまった。

「歌ってないで食べるよ〜」

って、ママが言う。

ちゃぶ台の上にはお味噌汁（みそしる）とごはんと目玉焼き。朝ごはんの匂（にお）いがする。

おいしそうな朝ごはんにテンションが上がって、私は声を張って歌ってしまった。

「ちがうちがう」

私が気持ちよくサビに入ると、ママは歌を止めてきた。

「え。じゃあ、こう？」

もう一回歌うと、ママはわっははと笑った。

「やっぱりアサの歌はへたうまの部類よね」

「も〜、そんなこと言わないでよ」

どこがへんなの？　って聞くと、

「なんかちょっとへんなこぶしが入るのよね」

「えー。じゃあママがお手本見せてよ」

その曲、知らないんだよね〜、ってママは言って、伸びのある声で推しの曲を歌ってくれた。

歌詞がわからないからか時々ハミングでごまかしていたけど、知らないわりに音程は合っているし、さすがの声量だし、「すごっ」ってなった。ママはもともと歌手を目指していたとかで、インディーズからCDも出したことがあるとかないとか。

歌手名は教えてくれないしCDも聴いたことない。けれど、本気でプロになろうとしていたと豪語するだけあって、ママの歌声には圧倒されるものがあった。何度か聴いただけでピッチもリズムも合わせてくるし、それに声がきれいだった。とくにミックスボイスが澄んでいて、ミックスなのに力強くて、伸びて、自由自在にビブラートもかけられる。たまに思ってしまう、これでプロになれないって……なんで？　って。

それでプロをあきらめて、ママは門司港でスナックのママをやっている。

「も～、なんでママはそんなに上手なんだよ～」

「練習した量が違うのよ。追いつきたかったらがんばりたまえ」

ドヤ顔のママに「もう一曲！」ってアンコールした。ママはａｉｋｏを歌ってくれた。その曲は私の推しもカバーしていて、「私も知ってる～」って声を合わせた。

「あはは～、ちょっと、音程ずらさないでよ」

音程が合ってないって、ママは大笑いしていた。

そりゃみんながみんなプロみたいに歌えないよ。

「笑わないでよ～！」

私がむくれると、

「アサ、学校はいいの？」

って、ママ。

時計を見ると七時三十分だった。

「やばっ、船が出ちゃう」

いただきます！　と手を合わせて、

「ソース、ソース！」

と、目玉焼きにウスターソースをかけた。

とろりと流れる黄身とソースの味でごはんを急いで食べた。

目玉焼きをごはんにのっけて黄身を割る。

「はい。これお弁当ね。あ〜！　ママはそろそろ寝るよ〜」

立ち上がったママは伸びをして、ふすまの向こうへ行った。

「ママも朝まで働いているんだから、お弁当くらい自分で作るよ？」

「そんなこと気にしなくていいの。アサは成績がいいんだから、勉強をがんばりなさい」

は〜い、と私は口の中にごはんを詰め込みながら答えて、お味噌汁で流し込んだ。

アパートの部屋から出て、赤色に錆(さ)びた鉄階段を下りると、カンカンカンとリズミカルな音がした。アパートの階段の下には大家さんの趣味なのかたくさんの植木鉢が乱雑に置かれている。ちょっとした植物園みたいな感じだ。

梅雨まっさかりにしてはめずらしく、よく晴れていた。

朝から「ボー」って、船の汽笛がよく聞こえた。

空気は澄んでいるけど、やっぱり梅雨だからか、足元に湿気がたまっているような気がして、なんとなく、ひんやりとしていた。

もう船着き場まで走らないと間に合いそうになかった。

朝イチの商店街はどこも閉まっていて、甘味処の梅海もシャッターが降りている。朝の、この、起きる前の街って感じが好きだ。走りながらそんなことを思った。

大通りを渡って門司港レトロに出ると景色が開けた。門司港レトロの四角い湾の真っ青な海が朝日に照らされキラキラと光っていた。

空は広くて真っ青で、世界が青く見える。

晴れた朝は、薄い青色に覆われていた。

福岡県の北九州市にある門司港という街。

その門司港で生まれ育った私だけど、この景色は何度見ても飽きない。

「今日は船の上に登ろうかな」

そんなことをつぶやいて、船着き場に向かった。

私の通う高校は、海の向こうにある。

海の向こうとか言うと、島育ちとか勘違いされそうだけど、九州から本州へ船で渡って対岸の下関の高校に通っているだけなのだ。

こっちから下関の中高へ通う人もいるし、逆に下関からこっちに通う人もいる。

電車か船か、車か、はたまた人道って海の下のトンネルを渡る手段があるけど、結構、船で行き来する人が多い気がする。

船着き場の桟橋に着くと、そこそこ人が並んでいて、ちょうど船が着いたのかもう乗り始めていた。

緑色の桟橋は、波のせいか、気づかないくらいの弱い力で左右に揺れている。海っぺりだから風も強くて、桟橋の先頭にある小さな青い鯉のぼりがずっと真横に泳いでいた。

♪～、と推しの歌を自然と口ずさんでいて、聞かれていないか恥ずかしくなった。

前髪を直しながら周りをキョロキョロすると、だれも私に気を止めていないことがわかってほっとした。

そのまま船に乗り込んで、二階のデッキに向かう。一階の客室は八十人ぐらい乗り込めそうなほど広いけど、なんとなく、さっき歌ってしまった手前、「あ、さっき歌っていた人だ」と見られるのも嫌なので、二階に上がった。

船が動く。ボボボ、とエンジンの音が大きくなる。

Ｕターンして、船首を下関に向けて、流れの強い関門海峡を横切っていく。潮の流れに負けないようにしているのか、船は超速い。ざぶんざぶんと、しぶきが上がって顔にかかる。強い海の匂いがする。

右手には関門橋が見える。左手には武蔵と小次郎で有名な巌流島がある。目の前には下関が見える。赤い鳥居に、大きな観覧車。観覧車の横には流線型の大きなリゾートホテルが見える。卵形の水族館も見える。唐戸市場も見える。

朝日が海を照らしていて、海面がキラキラと光っていた。

風が強くて髪が流れていく。セットした前髪なんて即死する。頬にしぶきが当たって気持ちがよかった。髪が崩れたとしても、たまにはこうやってデッキの上に乗りたくなってしまう。

この景色を写真に撮ってみた。

ＳＮＳに上げようと思ったけど、微妙に手ぶれしててやめた。

なんだろう、感動している風景でもスマホ越しに見るとそうでもない。

「あ、Ｙｏｒｕの切り抜きできてる」

動画サイトを見ると、Ｙｏｒｕの配信のおもしろい部分を切り抜いたショート動画がアップされていた。Ｙｏｒｕが洋服の趣味をファンに聞かれ、モノトーンコーデが好きと恥ずかしそうに答えている動画だった。これは三日前のライブ配信のやつだ。ファンなら切り抜かずに全部見ろよと思うけど、これであたらしくＹｏｒｕの魅力に気づいてくれる人がいるのならとも思う。

そのショート動画にくすりとして、私はＹｏｒｕのプレイリストを再生させた。

私には推しの歌手がいた。「Ｙｏｒｕ」という活動名で、オリジナルの曲や、「歌ってみた」を動画サイトにアップしている。

私が中学生のとき、同い年ぐらいの女の子がギター片手に自作の曲を歌っている動画を見つけた。なんだろう、渇いた心にぐんぐん染み込んできたというか、Ｙｏｒｕの作る歌は胸が躍った。Ｙｏｒｕの作る歌、歌声は天才的で、端的に言うと人間じゃないって思った。神。もしくは天使。そんな存在が堕天して地上に降りてきてくださったって感じ。あれ、堕天させてよかったのか？　悪魔になってない？　まあ悪魔的に歌がうまいって意味で、意味は合っている。

とにかくＹｏｒｕに出会って、救われてしまったのだ。

それ以降、私はＹｏｒｕの動画をあさりまくった。あんまり数がなくって、すぐ全部見てしまった。動画サイトの通知設定をして、新しい動画がアップされたら一番に見るようにした。コメントもたくさん残した。

推し。

つまり、そういうことだ。

私は、あの日以降、Ｙｏｒｕを推し続けている。

船が風を切って進んでいく。

耳元ではＹｏｒｕの歌声が響いている。

ちょうど朝、私がうまく歌えなかったところをＹｏｒｕが声を張って、きれいに歌っていく。まるで海の雫（しずく）がキラキラと光るような声質（せいしつ）に鳥肌が立った。

神すぎる！　何度も聴いているはずなのに、聴いているシチュエーションが変わっただけでまた違う表情を見せてくれる。

私もこんなふうに歌えたらどんなにいいかと思う。どんなに世界は輝いて見えるのだろうとわくわくもする。けど、おこがましいとも思う。なんだっけ。ギリシャ神話で空を飛んで、太陽に近づきすぎて羽が溶けて落ちちゃった人みたいに、高望みなんだろうって思う。けどせめてちょっとくらいは近づきたいって、あきらめきれない気持ちもある。

「青に染まった夜のはし、夜のはしには♪」

ちょっとだけいっしょに歌う。

Ｙｏｒｕの一番バズった曲だった。百万回以上再生されて、カラオケでも歌えるようになった。

Ｙｏｒｕはこれからもっと伸びていくと思う。きっと、世界がＹｏｒｕを見つける。

上のデッキに乗っているのは私しかいなくて、気兼ねなく口ずさむことができた。

ざぶんざぶんと船が上下して、手すりにつかまりながら、Ｙｏｒｕと声を合わせた。

「あの、落としましたか？」

船から下りると、すらっとしたおじさんに声をかけられた。

私とは逆に船で門司港へ向かう人なのか、船を下りた下関側の桟橋でたまに見かけるスーツのおじさんだった。

おじさんの手には私の高校の学生証。

「あ、ごめんなさい」

念のため確認すると、「西依愛咲（にしよりあさ）」と、私の学生証だった。

「私のです。ほんとごめんなさい。ありがとうございました」

おじさんは、いえいえと手を振ってにこやかに去って行く。

「あっぶな～」

そんなひとり言をつぶやいていると、船着き場のコンビニ前で声をかけられた。

「あのおじさん、知り合い？」

声の主（ぬし）はクラスメイトの加奈子（かなこ）だった。

「なんだ加奈子か」

「なんだってなんだよ～」

　加奈子はポケットに手を突っ込んだままコウモリみたいにスカートを広げて威嚇（いかく）してくる。

加奈子は下関に住んでいて、いつも朝から船着き場のコンビニで私と待ち合わせしてくれる。

中高一貫の今の学校に入学して、はじめから仲良くしてくれている気兼ねない友達だ。船着き場から高校までの近道を教えてくれたのも加奈子だ。

「さっきのおじさんは落とした学生証を拾ってくれただけ」

「なんだ、よかった。やばい関係かと思った」

「やばいってなんだよ」

「それを私から言わせる？」

加奈子は依然としてポケットに手を突っ込んだまま、石を蹴(け)ってニヤニヤしていた。

茶色のチェック柄のスカートから見える白い足がなんだか妙に元気そうに見える。

「加奈子はすぐへんなことを考えるんだから」

そう言うと、加奈子は「そういえばアサ知ってる？」って聞いてきた。

「アサが好きなＹｏｒｕって、下関の女子高生なんだってね」

「え……」

「あ、アサも知らなかったんだ～」

ちょうど寿(ことぶき)公園のところから小道に入ったところだった。金子(かねこ)みすゞの真面目(まじめ)そうな写真が石碑(せきひ)に埋め込まれていて、そんな石碑の横で加奈子がニヤニヤするものだから、余計にニヤニヤが際立って見えた。

「いや、知ってるけど……」

そう、実はＹｏｒｕが下関の女子高生だと知っていた。むしろ私以外にも気づいている人がいたんだという驚きの方が強かった。

　これは初期の配信で、山口（やまぐち）のローカルニュース番組の音楽が入っていたから山口県エリアだと確定するし、去年の八月十三日の配信で花火の音が入っていて山口エリアでその日に花火があったのは下関だけだし、

「おととしに『高校に受かりました～』って配信で言っていてね、これはもう下関に在住の女子高生って私は確信を得たんだよ！」

　って、私の名推理を披露（ひろう）すると、「特定班こえ～」って加奈子は引いていた。

「特定班じゃないし。信仰心こその気づきだし」

「ネットで配信ってやっぱ怖い時代だね～。Ｙｏｒｕもご愁傷様（しゅうしょう）」

「ちょっとご愁傷様はやめてよ。それにさっきからＹｏｒｕって呼び捨てにしないで！〝様〟をつけなさい。〝様〟を」

「アサだって呼び捨てじゃん」

「私は神格化しているからいいの。神様に様付けしないでしょ。にわかファンに呼び捨てされるのが一番ムリ」

「キリスト様、お釈迦（しゃか）様って、様づけするでしょ……」

「それは人間じゃん。もう〝様〟をつける時点で人間の領域に落としている感じがするの！

私にはムリムリムリ」

……はあ、よくわからん。と加奈子はため息を漏らした。

そして、

「けど、アサならな〜」

加奈子はようやくポケットから手を出して頭のうしろで組んだ。

となりで空を見上げるものだから私もいっしょに空を見た。

青空に二羽のすずめが飛んでいた。

「てっきりＹｏｒｕを探してると思ったのに」

☀

実はＹｏｒｕが下関の高校生だと知って、もしかすると会えないかって、探していた。

ただ見つけたとして、会えたとして、私はどう声をかけていいのか見当もつかなかった。

あ、あ、あああなたさまがＹｏｒｕなんでしょうか。

はい、そうです。

仮にそんな会話をしたとして、してしまったとして、このあとの会話が思いつかない。

ファンです！（いや、ファンって言葉も陳腐すぎる。言い表せないんだこの感情は！）

あなたに救われました！（いや、急にこんなこと言われても気持ち悪くないか？）

そんなことをぐるぐる考えて、会ってみたいような、会わない方がいいような、そんなことを妄想することがある。

「あ～Ｙｏｒｕって、美少女なんだろうな～」

ひとつ言えるのは、私の中のＹｏｒｕ像は膨らみに膨らんでいる。きっと、完全という概念を人型にした光の結晶だと思っている。

「だれが美少女だって」

帰り道、梅海の横を通ると、おばちゃんがテイクアウトコーナーの窓から顔を出した。

家の近所には梅海っていうソフトクリームとかぜんざいとかをテイクアウトできる甘味処がある。なぜか甘味処なのに焼きそばとか焼きうどんとか軽食も買える。私がちっちゃいときからよく食べていたお店なので、おばちゃんはもはや親戚みたいだった。

「もしかするとおばちゃんって元美少女だった？」

「おばちゃん相手にお世辞言ってどうするの。抹茶ソフトあげる」

「え～、ありがとう」

もう六十手前のおばちゃんはうれしそうに微笑んで、ちいさいカップに試食大の抹茶ソフトをくれた。

「また買いにくるね～」

そう言って、おばちゃんに手を振った。


「ただいま～」

「おかえり～」

とママ。

私の家はママとふたり暮らしで、パパは私が生まれてすぐに亡くなった。

ママはスナックを切り盛りして、女手ひとつで私を育ててくれている。

夕方帰宅して、お店を開ける前にママと早めの夜ごはんを食べる。これが私の日常だった。

居間のちゃぶ台に向かうと、ケチャップのかかったハンバーグがあった。

「わ～、今日ハンバーグか～！」

やばい。大好きだからテンションが上がる。

いただきますとママは手を合わせた。

箸でハンバーグを割ると、じゅわっと肉汁が出てきた。おいしそう。

正座してごはんを食べているママに聞いた。

「今日も歌いに行っていい？」

「お客さんが来るまでよ」

スナックという夜のお店では、ママがカウンターからお客さんにお酒を注(そそ)いで、お客さんはママと話したり、カラオケで歌ったりする。

そう、お店にはカラオケがあるのだ。

だから私はオープンするまでの少しの間、歌わせてもらうことができる。

これはちょっと、いや、かなり、ラッキーって思っている。

ふたりで暮らすアパートから徒歩二分。そんな近くに、しかも無料で使えるカラオケがあるのだ。

夜ごはんを食べ終わって、ママとふたりで歩いてお店に向かう。

ママはドレス姿になっていた。出勤前のママはきれいだと思う。若いときに私を産んだからまだ三十代だし、再婚もできると思うけど、ママにその気はないらしい。

お店に着くと、開店時間の七時まで自由に歌わせてもらう。

やっぱりカラオケで歌うって気持ちがいい。大きなバックミュージックに、エコーがかかった自分の歌声が混ざって、なんとなく上手に歌えている気がする。

けどひとつだけ不満があった。

採点機能がなんだかチープなのだ。

そもそもカラオケ機材が古いから仕方のないことなんだけど、音程バーも出ないし、ビブラートも計測してくれているわけではない。しゃくりとかフォールとか、そういう表現力の測定もない。ただ歌い終わったら点数が出るだけ。何を根拠にした点数なのかまったくわからないのだ。

だから、ママが採点してくれるようになった。

私が一曲歌うと八十六点と出た。

「う～ん。七十点かな～」

そしていつの間にか、このママ採点は、採点基準がどんどんきびしくなっていった。

「えー！　どこが！　もうひと声！　八十点！」

「二番の入りが遅れたからテンポがぐだぐだだったし、ところどころ音が外れてたけどね～」

ママは昔、ピアノを習っていたとかで耳がいい。絶対音感はないって自分で言っていたけど、たぶん相対音感っていうのがある。音が外れていることに関しては異様にきびしいのだ。

異議あり！　ビシッと私はママに抗議する。

「ちょっとだけじゃん！　なんか今日きびしくない？」

「う～ん。それだけじゃなくて、もっとこう根本的なものがね～」

カウンターに立つママはお客さんのキープボトルを拭きながら首をかしげた。

「もう、はっきり言ってよ！」

「だれに歌ってるのか思い浮かべながら歌ったら？」

ですって。

く～！　悔しいなあ！

今日もママからご指導いただき、お店を出た。

お店で歌の練習をした後は、いつもランニングして帰る。

歌がうまくなりたいってママに言ったら、まずは肺活量を上げなさいって言われた。だから私は毎晩走るようにした。走り続けた結果、学校の持久走大会では部活もしていないのに上位に入って、いろんな部活から勧誘されてしまうようになった。

いつものランニングコースをぐるっと回って家に帰る。家に帰ってステンレスの小さな浴槽にお湯をためて、体育座りで入って汗を流す。そんなことをしていると夜の九時ぐらいになっている。配信があるならＹｏｒｕはだいたいその時間に配信をする。

ＹｏｒｕのＳＮＳを見ると、今日はライブ配信があるって告知があった。

本当に、こういう不意打ちがあるとうれしくなる。推しの生声が急に聞けることになって、脳内に、こう、じゅわ～、って何かがあふれていく気がする。

私はウキウキ気分でお風呂から上がって、パジャマ姿でちゃぶ台の前に正座する。

ちゃぶ台の上にはスマホがあった。

そう。Ｙｏｒｕの配信は正座して聞く。

そっちの方が全神経をスマホに集中できる気がするからだ。

開けた窓から車の走行音がした。配信に集中したいから閉めたら暑いけど、窓を閉めた。

そろそろ配信が始まる時間だ。

私はワクワクしながらライブ配信を再生させた。

いつものＹｏｒｕのイラストが表示された。

Ｙｏｒｕは顔を出していない。

事務所に所属せず、個人で活動しているＹｏｒｕは至ってシンプルにファンアートを使っている。どこかのだれかが描いた黒髪ロングの色白女の子。Ｙｏｒｕ自身は似ている似ていないをまったく言及(げんきゅう)していないけど、なぜかファンのみんなはこのイラストがＹｏｒｕだと思っている。

『みなさんこんばんは』

Ｙｏｒｕの話し声は歌っているときとは違ってハスキーで低い。聞いているとなんだか落ち着くような声だ。聞いている人のことをよく考えてくれているのか、いつも明るい話題、例えば曲作りで気をつけたこととか、こういう想いで歌ったとか、そういう話題を、落ち着いた声で明るく話してくれる。

けど、今日は声に翳(かげ)りがあった。

そこに違和感を覚えた。

『今日は応援してくれるみなさまにご報告があります』

ご報告、という言葉に、「おっ」って腰を浮かしてしまった。

どんな話なんだろう。

これからメジャーデビューします！　とかかな。

これからも応援してくださいって話かな。

もう絶対推す！　一生推す！　おめでとう〜！

って、頭の中にはお花畑が広がった。

けど、次のひと言で私は奈落の底に落とされた気分になった。

『私、Ｙｏｒｕは本日をもちまして活動を休止します。詳しいことは言えませんが、きっと、みなさまの元に戻ってきます。だから、お願いです。忘れないでください』

「えっ……」

ちょっとパニックになりそうだった。

え、え、え？

目頭が熱くなって自然と涙がこぼれていく。

ちょっと信じられなくて、十秒戻してもう一度聞いた。

『詳しいことは言えませんが、きっと、みなさまの元に戻ってきます。だから、お願いです。忘れないでください』

聞き間違いじゃなかった。

「うそ……」

混乱する。

「え、今日何日だっけ」

って、壁のカレンダーを見た。エイプリルフールじゃなかった。

だんだんと理解が追いついてきて、う、う、って声が漏れた。

推しの活動休止。

よく聞く話ではある。

人生の意味を見失うとかいろいろ言う人もいるけれど、まさか〜って思っていた。

そのまさかだった。

こんなに堪(こた)えるものなんだって初めて知った。

まるで私の一部。例えば喉(のど)。喉が奪われて一生歌えなくなるような、そんな大きな喪失感が私を襲(おそ)う。

『私を、忘れないでください』

再度、Ｙｏｒｕはそんなことを言った。

「忘れるわけ……ないじゃん……」

私は応答のないスマホに向かって絞(しぼ)り出すように言っていた。

Ｙｏｒｕはさよなら代わりのオリジナルソングを歌うという。

アコースティックギターの音がして、Ｙｏｒｕの歌声が響いた。音符が目に見えるような、やわらかで、あたたかい歌だった。

次々に涙が出た。

あまりにも涙が熱くて、目から血が出てるのかと思った。

ポタポタと涙がスマホの画面に落ちた。

涙に反応してしまったのか、次の動画に移ってしまった。

急にＹｏｒｕの歌声が途切れる。スマホゲームの広告に変わった。

「えっ」

スマホに手が伸びたけど、私は動画を見直す勇気が出なかった。呆然としてしまった。

そのままパタンと畳に横になった。

何もやる気がしなくて畳の目を指で撫でた。ざらざらしているなあとか、くすぐったいなあとか、そんな単純なことは頭に浮かぶけど、何も考えられる気がしなかった。

「明日から何を生きがいにすればいいんだよ……」

そんなことをつぶやいていた。

また、目の奥から涙があふれてくる。

身を丸めて泣いていたら、知らないうちに寝てしまっていた。

☀

「アサ〜！　もう朝よ〜！」

キッチンからママの声がしたけれど、ベッドから起き上がれなかった。

やばい。本格的に何もしたくなかった。

推しの活動休止。

いざ自分が直面すると、一日経ってても、ちょっともう無理だった。

ママがずかずかと私の部屋に入ってきてカーテンをバサって開ける。全部の部屋がふすまでしか仕切られていない私の家はプライベート感がゼロだ。こうやってすぐ勝手に入られる。

ママがカーテンを開けた瞬間、目をつむっていても「眩しい！」ってなった。

「ぎゃあ！」

ふとんにくるまると、ママにそのふとんを引っ張られた。

「ぎゃあはこっちのセリフよ！　帰ってきたらアサが和室で寝てるし、お皿は洗ってないし！洗濯もしてくれてないじゃん」

「今日、土曜日なんだから、お昼にちゃんとやるよ〜」

「ちゃんと勉強もしなさいよ〜！　きっと昨日はしてないんでしょう？」

まずい。久しぶりのガミガミモードだ。凹んでいるときにこれはきつい。

「わかった！」

引っ張られるふとんの最終防衛ラインを死守しながら叫ぶと、急に抵抗感がなくなって、

「学校でなにかあったの？」ってママが聞いてきた。

なんで学校？　って思ったけど、ママの中では私の嫌なことって、まず学校で起きることなんだろう。なんだかもう説明することも面倒になってしまった。

だから、

「生理！」

って、適当なうそをついた。

ママは、「ああ、そう。じゃあ、痛み止め、テーブルに置いておこうか？」って急にやさしくしてくれた。申し訳なくなって、「いや、いいよ」って言っていた。

「じゃあ、ごはん、テーブルに用意してるから、食べられそうなら食べてね。ママ、もう寝ちゃうから」

そう言ってママは自分の部屋へ眠りに行った。いつも朝方に帰ってくるママは、朝ごはんを作ってから力尽きたように寝る。徹夜で働いて朝ごはんを作ってくれたのに、ふとんにくるまって顔すら見ないことに胸が痛んだ。

スマホを探して、イヤホンで耳を塞ぐ。

Ｙｏｒｕの曲を流す。

また、涙が出てきてしまった。

☀

「ねえアサ、日曜だし、小倉(こくら)に行こっか」

日曜日を定休日としているママは、お昼頃にそんなことを言った。

ママは和室のサッシに座って、ぼうっと日を浴びている。日曜日によく見る姿だ。

やっぱりＹｏｒｕのことで私も割り切れていなくて、テンションが低いままだったのか、ママも気を遣ってくれているようだった。

「いいよ、おなかも痛いし」

「けど、ママも夜ごはん作りたくないんだよ」

「梅海で焼きそばでも買う?」

「焼きそばか～」

「じゃあコンビニ」

「コンビニか～」

ママが乗り気じゃない声を上げる。

「お客さんから教えてもらったイタリアンがあってね、十七時から十九時の時間帯、ワインが激安なんだって。ママそこ行きたい」

「え〜、ママ飲むの？」

「いいじゃん、ね。服買ってあげるから」

くるって私の方を見てきて、ママはワクワクしたような顔をしている。

やばい。餌が撒かれてしまったようだ。

「いいの？」

「いいよ。いっしょにアミュ行こう」

「……わかった」

しぶしぶ私は、洋服に釣られてやることにした。


それからふたりで支度して、電車に乗って小倉に出た。

大正時代のようなレトロな雰囲気の門司港駅の中は、ところどころ木造で、タイムスリップしたような気分になる。これから電車に乗って昔の時代へ時間旅行でもしてしまいそうだ。

まあ行くのは小倉なんだけど。

モノトーンが好きなママは、白いTシャツに黒いワイドパンツとすごいシンプルな格好なのに、スナックのママをするだけあって、なんだか女優みたいだった。

私は色が入っている方が好きなんだけど、なんだろう、自分がすごくこどもっぽい格好をしている気にもなってくる。

まあいつもパンツスタイルで、こどもっぽい格好って言ったら、こどもっぽいんだけど。

小倉に着いて、駅ビルのアミュに入った。

いくつかの服屋さんをふたりで回る。

ママもママで自分の洋服を選んでいる。

こっそりママの目を盗んで、いつもは着ないようなワンピースを手に取ってみた。

私がこんな洋服を着たら、似合うのかな。

そんなことを考えていると、

「すっごく似合うと思いますよ」

横からニコニコした店員さんが声をかけてきた。背がちっちゃくてふわふわなとてもかわいい店員さんだった。え、この人、私の心の声を聞いた？　って驚いた。

「あ、え、あ」

「試着してみますか？」

「いいいい、あ、いえ、あ、」

そりゃあ、店員さんみたいにかわいかったら似合うだろうけど、私にはムリムリムリって心の中は大混乱していた。

そのときだった。

「アサ、そういうのも着てみたいの？」

って、ママが来てくれた。

店員さんも急にママみたいな美人がやってきて、一瞬だけ目を丸くしていた。

「あ、おねえさまですか？」

「あらやだ。母親ですよ。お上手ですね」

ママは少しだけうれしそうにした。実際、この手のことは言われ慣れていて、いつもの返しをしていた。

ママと私は似ていない。

ママの方が背が高いし、すらっとしている。ママはわし鼻で小顔。なで肩で足もほっそい。

私はずんぐりしていて、いかり肩で、鼻が高くもないし、小顔でもない。

うん。ちょっと不公平じゃないかなって思うこともある。

この美人遺伝子はどこ行った！　って怒りすら湧く。

ママに対して劣等感を抱いていると、なんだか手に持つワンピースもまったく似合う気がしなくなっていた。

だから、

「あ、このワンピース、ママに似合うかなって見てたの。ママ、着てみる？」

って、ごまかした。

「えー。ママには若すぎるよ」

「うーん、じゃあこっちは？」

「それより今日はアサの服でしょ」

そう言って、ママは私を優先してくれた。それがちょっと……うれしい。

そしてママは私の洋服を選んでくれた。ちょっと幼めのキャラクターTシャツだった。

「やっぱりスポンジ・ボブはこどもっぽくない？」

「トムとジェリーがよかった？」

「いや、そういう意味じゃなくて」

「ワイドパンツに合わせて、前側だけインしたらおしゃれだから」

「そうなん？」

買い物が終わって、次はママの目的地であるイタリアンへ向かった。

商店街の人混みをふたりで歩く。

Tシャツ一枚だけ入った紙袋は軽かった。

ママは私の一歩前を歩いている。私が紙袋をぶんぶん振っても気づかない。

気づかないと思っていたけど、ママはくるっと振り返って、にこって笑った。

「元気出た？」

「え？」

「なんか最近のアサ、元気なかったから」

そんなことを、ママは言う。

胸の奥がくすぐったくなって、「靴も買いたかった～」って言ってみる。

ママは、「そりゃ今度よ」って笑っていた。

「じゃあ、次はママね～。ワイン、おいしいといいな～」

ママはずんずん私の前を進む。

昔はいつも手を引かれていた気がするけど、もう何年もママと手を繋いでいなかった。

ママの手を摑んでみようかって思ったけど、ちょっと恥ずかしかった。

私とママって似てないなあなんて考えていたからか、神様に聞かれたんだろうなって思った。

次の日のこと。

夜、ママがお店に出てちょっとして、

「アサ！」

って、ドレス姿のまま血相を変えて帰ってきた。

「ママ、どうしたの？」

「アサ、落ち着いて聞いてね」

「……う、うん」

それよりもママこそ落ち着いてほしいと思った。今まで見たことがないほど、驚いたような顔をしていたからだ。

するとママはこんなことを言った。

「アサが産まれた病院からね、アサと別の子を取り違えた可能性があって、ＤＮＡ検査させてくれないかって電話があったの」

一瞬、どういう意味かわからなかった。焦っているママの表情を見て、だんだんと理解が追いついていった。

「………まじ？」

目を見開いたママは、何度も首を縦に振った。

「まじ」

☀

取り違えってなんだろうって調べてみた。

ネットには「話の内容を誤解すること」もしくは、「間違って自分のものではない物を手にとること。生まれたばかりの赤子を間違った親が連れて帰ってしまうこと」って、書いてあった。

生まれた赤ちゃんが別のママの元に行ってしまうこと。

つまり、ママは、ママじゃないって可能性があるってこと。

そんな可能性が信じられなくて、どこか人ごとのように思えてしまった。

翌日、学校を休んで病院に行った。

ママが運転する軽自動車に乗って下関へ向かった。

「大丈夫。きっと何かの間違いよ」

そうママがさっきから何度もつぶやいている。

落ち着きのないママの運転は荒かった。門司港から下関まで関門(かんもん)トンネルを通って海を渡る。

トンネルの中はオレンジの照明が規則正しく並んでいて、オレンジの光と黒色の影が運転席のママの上を交互に通り過ぎていく。ママは前を走るトラックが遅いことにいら立っていた。

海の底で九州と本州の境目を通過した。

「ねえ、アサ」

「なに？」

「もし血縁関係がなくても、アサはママのこどもだから」

「うん」

ママは病院に近づくにつれ言うことが変わっていた。

下関にある産婦人科病院は小さな町医者のような病院だった。

日本海沿いにあって、駐車場からは海が見えた。

こんな景色の見える病院ってなんかいいな～って、これからこれまでの人生がひっくり返るような事実が発覚するかもしれないのに、私はのんきだった。まったくそんなことが起きる気がしなかったのだ。

ママと血が繋がっていない？

そんなことが本当にあるのだろうか。

今までこんなに親子だったのに。

きっと、何かの間違いだ。

そう思っていた。

お年を召した女性のお医者さんが出てきて、深々と頭を下げた。院長さんらしい。

ママは、「検査結果が出ないと、何も言えません」と、声を震わせながらも冷静だった。

お医者さんの説明では、ママのお産と同じ日にお産のあった家庭がもうひと組あって、その親子のＤＮＡ検査の結果、親子と認められなかったそうだ。母親、父親、両方のＤＮＡが、子のＤＮＡと一致しなかったと言う。

「ご心配をおかけしますが、万が一ということがありますので、同じ日に出産された西依様のＤＮＡ検査をさせてください」

とのこと。

私たちは了承して、ほっぺたの内側の細胞を綿棒で採取してもらった。
二週間ほどで検査結果は出るらしい。
あ、今すぐわかる話じゃないんだって、肩透(かたす)かしをくらった気分だった。
二十分も病院にいなかったと思う。
そのあと私とママは下関で回転寿司を食べることにした。
え、いいの？　って聞いたら、
「思い立ったが吉日(きちじつ)よ！」
ってママが言っていて、使い方間違ってない？　って、ふたりで大笑いした。
なんでも食べなさいって、お寿司屋さんでママは無理をしたように笑っていた。
ママは怖れているように見えた。
私は、やっぱり、実感が湧かなかった。

☀

ママがお味噌汁を持ってきて、「歌ってないで食べるよ〜」って、ちゃぶ台の上に置いた。
ちゃぶ台の上にはお味噌汁とごはんと焼いた魚肉ソーセージ。魚肉ソーセージにはウスターソースとマヨネーズがかかっている。

朝ごはんが湯気を立てていて、おいしそうな匂いが漂っていた。

私はごはんの誘惑にも負けず声を張った。

「完全な闇なんてないんだって外を見た〜♪」

「ちがうちがう」

いつものように私はＹｏｒｕの歌を歌っていた。

私が気持ちよく二番に入ると、ママは歌を止めてきた。

「え。じゃあ、こう?」

完全なー闇なんてぇないんだって、外を見た〜♪

歌うと、ママはわっはははと笑った。

「なんでアサは難しい歌ばっかり歌いたがるの」

ママはおなかを押さえて笑っていた。

いつもどおり暮らそう。

『ねえアサ。ＤＮＡ検査の結果が出るまではいつもどおり暮らそっか』

と、ママは言った。

翌日の朝からママは本当にいつもどおりだった。

あれから数日が経って、今日もいつもどおりの朝が来た。

「宇多田とか椎名林檎とかａｉｋｏとかをまず練習して、上手になったら難しい曲を歌えばいいじゃない」とママ。

「宇多田も椎名林檎もａｉｋｏも難しい曲は難しいよ」

そうよね、とママは笑う。

「まずはリズムも音程も取りやすい曲から練習しなさいってこと」

う～ん、と私は唸る。

「そういうことじゃないんだよね。私はこの歌だからこそ上手に歌いたいというか。やっぱりママは〝推し〟について全然わかってない！　この歌は私の魂そのものなの」

「魂のくせにそんなふにゃふにゃに歌ってどうするの」

「ぐはっ！」

ママの強烈なカウンターに、心にダメージを受けた。

「ママが歌ってよ。参考にするから」

そう言うと、ママは歌ってくれた。

相変わらず歌詞は全然覚えていない様子だったけど、ママは「ラララ」ってごまかしながらも完璧に歌い上げた。

本当は宇多田や椎名林檎やａｉｋｏが好きなのに、きっとママは私が好きだからか、ちゃんと歌えるように聴いてくれているようだった。やっぱり、こういうことされると、うれしい……し、悔しい。

「……なんでママはそんなにうまいのよ……」

「ん〜、才能？」

って、ママ。

「そんな才能、私にも遺伝してほしかった！」

そんな言葉を口にして、あ、遺伝するしないじゃなくて、ママと血が繋がっていない可能性があるんだっけ、とこの前のＤＮＡ検査を思い出した。やっぱり、実感が湧かない。

あはは〜って、ママは大きな口を開けて笑っていた。

☀

高校の教室から、海が見える。

山というべきか、丘というべきか、少し上ったところにある高校からは、関門海峡が見える。海の奥には門司港が見える。青い海の奥にビルが見えて、いくつか赤煉瓦（あかれんが）の建物も見える。

休み時間に開けた窓からぼうっと海を見ていたら、大きな貨物船が通って「ボー」って汽笛を鳴らした。

「西依〜」

担任の声がして振り向くと、レースのカーテンが頬を撫でた。くすぐったくて手で払う。

「そんな顔をしかめるなよ」

「いや先生じゃなくて、カーテンがウザいんです」

「そうかい」

担任の藤井(ふじい)先生はめがねを掛けたムーミンみたいな顔をしている。そんな藤井先生はあきれ顔で私の所までやってきた。

「それよりも、進路希望調査票、そろそろ出してくれよな」

「あ！」

「あ、じゃないよ。忘れてただろ」

先生はため息交じりに、「いつ出せる？」と言う。

「ママと話してなくて」

「じゃあ、夏休みになるまでには出せよ」

しっかり親御さんと話すんだぞ〜。

そんなことを言って、先生は去って行った。

「ママと話さないと」

こういうの、苦手なんだよな〜。

そんなことをつぶやくと、レースのカーテンが頬を撫でた。

やっぱりウザったくて、虫を追い払うように手を振った。

☀

西依家の夜ごはんは早い。

ママが夜の七時にお店を開けるから、夕方の六時にはふたりでごはんを食べようというのが我が家のルールになった。だから部活はしていないし、加奈子とスタバに寄ることはあるけど、基本的には放課後すぐ帰るようにしている。

学校から帰るころには、お昼まで寝ているママが夕食の買い出しをして、お店に出るためのお化粧(けしょう)をしている。

「ただいま」

アパートに帰ると、ママはすでに着替えて髪を巻いてメイクも終わらせていた。

出勤前のママが一番かわいい。お店を閉めたあと、朝に見るママは少しくたびれている。夜から朝まで働いて、そりゃ疲れるよなって思う。

「お帰り」

「ねえ、ママ、今日もお店で歌っていい?」

「いいけど」

「『お客さんが来るまでよ』」

ママのいつものセリフに声を重ねると、ママは笑っていた。

夜ごはんは鰯だった。「この鰯！　これだけ入ってイチキュッパ！」って、スーパーで特売だったとママは笑いながら言っていた。

ママがちゃぶ台に醬油辛く煮た鰯を置いた。なぜかその煮魚には梅干しが入っていた。

「ねえ、ママ？」

「ん？」

「なんで梅干しが入ってるの？」

「ん〜、伝統？」

「伝統！」

「ちょっと待って、もう一回答えさせて」

ママは眉間に皺を寄せてこめかみに人差し指を当てる。

ハッとした顔をして、そしてドヤるママ。

「わかった」

「なにが？」

「梅干しを入れると食欲が湧くから、たくさん食べられるようになるのよ。つまり、ごはん力が上がるの」

我が家には「ごはん力」というものがある。ひとくちのおかずでごはんがどれだけ進むかを示した力だ。ごはん力上位には、明太子とか唐揚げ、ハンバーグが入る。カレーを食べているときにママが、「カレーのごはん力はさすがね」って言っていたことがあって、さすがにそれは違うと思った。

たしかに醤油辛いだけでごはんが進むのに、梅の香りでさっぱりしているから、何杯でもおかわりできちゃう。

「あ、鰯の生臭さを取るためって書いてあるよ」

私がスマホで検索すると、「ごはん中にスマホはやめなさい」と言われた。

ママの小言を無視して、「おかわりしよ～」って立ち上がってキッチンに向かった。

炊飯ジャーを開くと、もうごはんは少ししか残ってなかった。

「やっぱり二合炊いた方がよかった?」とママ。

「ん～、ふたりで二合はさすがに多いんじゃない?」

そう答えると、

「でもアサには足りなかったんでしょ」

って、ママに笑われた。

やっぱり、今日のおかずは、ごはん力が高かった。

夜ごはんを食べてママとお店に行った。

今日もお店で歌って、きびしいママ採点を悔しく思いながらも、いつかママに「上手！」って言わせてやりたいって思った。

お店を出ると、あたりはオレンジに色づいていた。

「日が延びたなあ」

って思わず漏れた。

そしてそのまま日課のランニングをして帰ることにした。

家から関門橋の下あたりの和布刈（めかり）神社まで行って、引き返すルート。

約四キロのランニングコースだ。

なるべく大通りを走りなさいって言われているから、車通りの多い広い道を走る。

イヤホンをつけて曲を聴いていた。Ｙｏｒｕの動画だった。

あ〜、こんな風に歌えたらな。

神様のことをこんな風に考えてバチが当たらないだろうか。

人間が手の届かないところに手を伸ばして、手を焼かれないだろうか。

そんなことを思いながらも、私はＹｏｒｕの癖（くせ）をつい真似（まね）てしまう。

抑揚（よくよう）の付け方、リズムのずらし方、声の張り方、声の伸ばし方。息継ぎや息の吸い方だって。

こんなに惹（ひ）かれる歌声は他になかった。

私にとってのＹｏｒｕは唯一無二だった。

Ｙｏｒｕが活動休止を宣言して、そのとおり新規の動画がアップロードされることはなかった。

幸いにもチャンネル自体は消されていなくてアーカイブは聴くことができる。だから、何千回も聞いたアーカイブを、今日も私は聴いている。

Ｙｏｒｕは今頃(いまごろ)どこで何をしているんだろう。

そんなことを考えながら空を見た。

オレンジ色の空がだんだんと暗くなっていく。

和布刈神社近くの道路が大きく曲がったところで海と関門橋が見えた。

暗い水面がわずかにオレンジ色にキラキラと光っている。

白色の関門橋はもうライトが付いていて、薄暗い藍色の空の中、ピカ、ピカって光っている。

ああ、もうすぐ夜が来る。

もう二キロ以上を休憩なしに走った。息が切れ始める。ひざに手をついて休みたい。

けど、もっと走れば、Ｙｏｒｕに近づける気がした。

「お、アサちゃんおかえり〜」

和布刈神社から引き返して家に戻るころにはあたりは暗くなっていた。

ちょうど私を見かけたのか梅海のおばちゃんがテイクアウトコーナーの窓から手を振ってくれた。

「ただい、ま～。はあ……はあ……」

「毎日走ってえらいね～。なんの部活だっけ」

走って体が熱くなっているから、テイクアウト窓の横にあるソフトクリームの看板が妙においしそうに見えてしまった。

「部活っていうか、健康のためというか」

歌がうまくなりたいというのはおばちゃんに話したことはなかった。実力的に、そういうことを言うのは恥ずかしかったのだ。だから、えへへと濁してしまった。

するとおばちゃんは「ちょっとソフトクリーム食べる？」って、カップにソフトクリームをにゅって出して、透明なスプーンを差して渡してくれた。

「あ、ごめん。今お金持ってないや。こんどでいい？」

「いらない、いらない。おまけみたいなものだから、それちょっとしか入っていないでしょ」

「え。本当にいいの？」

「いいよ。だってアサちゃんがやせちゃったら心配だし」

「つまり走った分だけ太らせようと」

おばちゃんは、あっはは～と笑った。そして窓に腕を置いて、

「まあ、アサちゃんはこのあたりの、みんなの孫って感じだから」

と、にんまりとした顔でそんなことを言う。

たしかに顔なじみは多いけど、私って孫ポジションなんだって、ちょっとおかしく思う。

「まあ、おかあさんとふたりでがんばってるんだから、応援もしたくなるよ」

おばちゃんはぼそりとそんなことを言って、「ほんと、美由紀(みゆき)ちゃんとアサちゃんって、良い親子よね」って続ける。

「良い親子って？」

「ちゃんと助け合ってるってこと。そういうの大事よ」

おばちゃんは何かいいことを言っている気もしたけれど、私の胸はチクチク痛かった。

今、親子ってことに疑惑がかかっていて……真偽を、確かめているからだ。

なんて反応すればいいんだろう……って、私が返答に窮(きゅう)していると、おばちゃんはそんなの無視で一方的に話していた。

「そうそうアサちゃん。焼きそば食べる？」

「え～！　食べたい！」

おばちゃんは、さっきキャンセルが出ちゃってね～と言って奥に行く。

「これ、少し冷えてるから、チンして食べて」

ビニール袋の中に焼きそばパックを入れたおばちゃんは、はいよと渡してくれる。

「ありがとう～」

「アサちゃんって、来年は高校三年生？」

「そうだよ。早いもので」

そうなの～。ほら、林さんのところのこどもは来年から役所に勤めるってね。みんなこどもの成長は早いわ～っておばちゃんは言う。ちなみに、「林さん」と言われてもいまいちピンとこなかった。おばちゃんは門司港界隈の情報を網羅しているような気がした。

「じゃあ進路とか決めてるの？」

その言葉に、「あ」って声が出た。

「あ、って？」とおばちゃんは小首をかしげる。

ママに相談してないや……って心でつぶやいて、

「んー ん。なんでもない」

進路か～と思いながらも、特段なにがしたいとかは今のところない。

「たぶん、どっちかの市立大に行くと思うかな～。家から通えるし」

「まあ公立大学なんて、アサちゃんって頭良いのね」

「そんなことないよ～」

「家から通ってくれたら、おかあさんも助かるわね」

まあ、そうだね～、そんなことを思いながらビニール袋をぶらぶらすると、ソースの匂いがした。

ねえおばちゃん、と私は口を開いていた。

「もし私とママが親子じゃなかったらどうする？」

「どうするって？」

おばちゃんは目をまん丸にしてきょとんとしていた。

その顔を見て、私は変なことを聞いていたことに気づく。

「例えばだよ。例えば」

笑ってごまかすと、

「あんたたちがそんなわけないじゃない」

そう、おばちゃんは目元をくしゃくしゃにして、笑っていた。

☀

私の朝はママの足音で一度、目が覚める。ママがお店から帰ってくるからだ。

ママの営むスナックは深夜一時までなんだけど、近くの工場に勤める常連さんが、遅番のときは閉店間際に来るらしく、実質朝まで開けている。

朝まで働いたママは帰った足で朝ごはんと、学校がある日はお弁当を作ってくれる。

せっかちなママの足音はドタドタするし狭い我が家に十分響くので私も目が覚めてしまう。

なんだろう。この足音を聞くと安心する。

ああママ帰ってきたんだ～って、安心して二度寝してしまうのだ。

もう高校生なら手伝えって思うけど、私はこの、朝ごはんができるまでの短い二度寝が本当に好きだったりする。

朝、ママに起こしてもらって、ふたりでごはんを食べて、私は高校に向かう。

ママは私が学校に行っている間は寝て、夕方起きて、夜ごはんの支度をして、準備してまたお店に向かう。私は夜ごはんのあとはランニングしてお風呂に入って、掃除とか洗濯とか食器洗いとか分担している家事をする。そんな繰り返しが、日常になっていた。

今日は家に帰るとママが帳簿（ちょうぼ）を見ながら頭を抱えていた。キッチンでは何かを煮込んでいる。部屋中にお醤油の匂いがしていた。

「あ～、やっぱり中田さんが太かったんだな～。入院しちゃったからな～」

たまにあるぼやきだった。

「ねえ、ママ」

と、ママの背中に声をかけた。

ん～？　と、振り返ったママの顔にはフェイスパックが貼り付いていて、白いおばけか何かかと思った。

「びっくりした～」

「あ、ごめんごめん」

ママは剝がしたフェイスパックを折りたたんで首とかデコルテに化粧水を塗りたくっていく。

「どうした？」

フェイスパックをしたばかりのつやつやなママの顔を見て、なんだろう、進路について相談しなきゃって思い出した。

「私、やっぱり高校出たら働いた方がいい？」

どういう意味？　とママはすごんできた。ママの眉間に深い皺が刻まれた。

「高卒でも市役所の採用試験を受けられるんだって。私、そっちを受けようか」

「アサは頭がいいんだから大学に行きなさい！」

思ったよりママは大きな声を出した。

ごめん、とママに謝ると、ママはおでこに手を当てて、こっちこそごめんって言った。

「お金のことはなんとかなるんだから、気にしなくていいの」

「……ごめん」

たしかに、奨学金とか借りれば、学費は心配いらないかもしれない。

けど、私が働けば、ママはいくらか楽になるんじゃないかって思うときがある。

だからなのかな。進路希望調査票を書こうと思って、ママに相談できなかったのは。

本当に、大学に行っていいのかわからないし、そもそも大学に行きたいのかすらわからない。

何かをしたいわけじゃないのに、お金ばかりかけていいのだろうか。

そんなことを、考えてしまう。

すると、いきなりだった。ママは私の顔を両手で覆って、ぐいっと顔を近づけてきた。

「ママみたいなトンビから奇跡的に鷹が生まれてきたの。だから、アサは大学に行かないともったいないのよ」

化粧前のママは目のクマがすごくて肌のキメも粗かった。すごくくたびれている気がする。

もしも私とママに血の繋がりがなかったら、私は別の家庭に行った方がママにとっていいんじゃないかって、思ってしまう。

ママもこんなにがんばらなくていいんじゃないかって、どうしても、考えてしまう。

「気にしなくていいから、アサはアサでがんばりなさい」

そんなことをママは言って、あ〜やばいやばい！　とキッチンに駆けていった。

「セ〜フ！　焦げてな〜い！」

キッチンから声がして、

「アサ〜！　今日、肉じゃが！」

ってママがキッチンから大きな声を上げた。

私はキッチンまでママを追いかけた。

「ねえママ」

「なに？」

「もしもだよ。もしも万が一、私が取り違えられていて、どこかに血が繋がったこどもがいたとしたら、どうする？」

うーん、そうねえ、とママは腕組みをして遠くを見ているような目をした。

「そりゃ両方育てたいって、思うかな」

そう言った。

言ってくれた。

「今でも火の車なのに？」

「うっさいよ」

って、ママはバツが悪そうな顔をする。

私もその子も自分の子だって、ママは言ってくれて、私はうれしくなった。

☀

検査結果を聞く日がきた。

また高校を休んで、ママが運転する軽自動車に乗って、下関の病院に向かった。

門司港では雨が降っていて、右に左にワイパーはせわしなく動いていたのに、関門トンネルを抜けた途端、下関では雨は上がっていた。どんよりとした空から晴れ間が見えた。こんなに近いのに、天気って違うんだって、車の窓の外を見ながら思った。

「夏には全部終わってるといいねー」

運転しているママが私を見ずまっすぐ前だけを見て言った。

「夏には全部このごたごたが終わって、ふたりで関門花火でも見れたらいいね。今年もお店、休みにするから」

「関門海峡花火大会って日本でもめちゃめちゃ人が集まる花火大会なんでしょ？　お店を開けた方がいいんじゃない？」

「いいの、いいの。本当にその日のお店って閑古鳥（かんこどり）が鳴くから、開けたって無駄よ」

そう、ママは笑っていた。

検査を受けて日が経ったからか、ママは覚悟を決めたように落ち着いていた。先々週、初めて病院へ向かったときのいらついている様子はもうなかった。

逆に、私の方がそわそわしていた。

なんというか、今日はっきりするってことを考えると、地に足がつかなくなってしまうというか、ふわふわするというか。

もし、ママと血が繋がっていなかったら……。

きっと、どっちの家で暮らしたいですか？　って、なる。

今更ママがママじゃなくても別の家で暮らそうなんて思わない。

けど、もし向こうのお子さんが私たちの家で暮らしたいってなったとき、私たちは姉妹？になるのかな。同い年で誕生日がいっしょだから、先に生まれた方が姉で、後に生まれた方が妹になるのかな。あのアパートにもうひとりか〜。狭いな〜。両方育てたいって言っていたママも、私だけで家計は火の車なのに、もうひとりってやっぱり大変だよな。

そんなことを考える。

血の繋がったおかあさんがいたとして、会いたくないかっていうと、うそになる。そんな血の繋がった人に、ごめんなさい一緒に暮らせませんって言うと、やっぱり傷つけちゃうのかな。

これからどうなるんだろう。

そんなことを、ぐるぐるぐるぐると考えていた。

病院に入って、検査をした部屋に通されると、院長さんのとなりにスーツを着たおじさんがいた。弁護士と名乗って、名刺をママに渡していた。

この前の検査と雰囲気がまったく違いヒリヒリと肌を焼くような緊張感があった。

すごく空気がわるかった。

嫌な予感がした。

ママもその雰囲気を察したのか、表情が硬かった。

「こちらが検査結果になります」

院長さんが一枚の紙をテーブルに置いた。

検査結果
「西依美由紀」と「西依愛咲」は、生物学的な親子関係が認められない。

と、見えた。

「あの、この『認められない』ってどういう意味なんですか？」

つい口を挟んでしまった。

「つまり、血の繋がりはないということになります」

と院長さん。

院長さんは、私と目を合わせず、申し訳なさそうにうつむいていた。

嫌な予感が当たった。

「……そんな」

ママとの血の繋がりがないことを突きつけられて、全身の力がふっと抜けた。ぜんぶの血が足元に落ちていくような感覚がして、目の前が真っ白になっていく。

「そっか」

そう口から漏れて、

「ええ〜、うそでしょ」

そんな言葉がまた私の口から漏れた。

なんだろう。本当に実感が湧かない。

実は別の家のこどもですって言われて、たちの悪いドッキリをされているような感覚。

これからどうなるんだろうとか考えるけど、考えているようで、何も頭の中で考えがまとまらなかった。

――アサ。

と、ママの声がした。

同時に、手をぎゅっと握られた。夏でも冷たいママの手が、氷のように冷え切っていた。

「大丈夫よ、なにも心配いらない。大丈夫」

そんな言葉をママが言ってくれたから、目頭が熱くなって、視界がにじんだ。

さて、と院長さんのとなりの弁護士さんが、口を開いた。

弁護士さんの語り口は毅然としていた。

「西依愛咲さんともう一方のご家族とをＤＮＡ検査したところ、生物学的な親子関係が認められました。よって本件は西依さんのご家庭と、もう一方のご家庭で、取り違えがあったと判断されます」

これから今後の話をさせていただきます、と弁護士さんが続ける。

ママはずっと手を握ってくれていた。

「もう一方のご家族からは、愛咲さんとお会いしたいと申し出がありました」

多くのケースは、と弁護士さんは前置きをして説明を続ける。

取り違えがあったこどもは血縁のある家庭に引き取られることが多い。そのため血縁のある家庭といっしょに暮らし、〝慣らしていくこと〟をするんだとか。

ギリッと音がした。

となりを見ると、じっと聞いていたママは歯を食いしばっていた。

すごく悔しそうな顔をして、弁護士さんや院長さんをにらむように見ている。

なんでこんなことが起きたのかとか、そんな聞きたいことがいっぱいあるんだろうけど、がまんして、黙って話を聞いているように見えた。

「どうされますか？　もう一方のご家庭と面会されますか？」

弁護士さんから聞かれ、ママは重たく答えた。

「いえ、私たちは」

この前は両方育てたいって言っていたわりに、ママも混乱しているのか、何も考えずに断ろうとしていた。

私は気づいてしまった。

向こうにはママと血の繋がったこどもがいるってことに。

そう思うと、いてもたってもいられなくなった。

「ねえ」

ママの袖の裾を引っ張ると「なに?」って眉間に皺を寄せてこっちを向いた。

「ママ、会いたい?」

え、ってママが唖然とした。

「なに、言ってるの……アサ」

ママの瞳が左右に揺れていた。すごく動揺したような感じで、「それ、どういう意味?」ってひとり言のような、私に聞いているような、力ないつぶやきだった。

私がこうでも言わないと、たぶんママはつっぱねる気がした。『両方育てたい』という言葉はうそじゃなかったと思う。けどいざその場面になったら、ママは会うことをためらうと思った。向こうの親とも、自分と血の繋がるこどもとも。

その子が気になることは事実だった。ママに似ているのかなとか、どこの高校に通っているんだろうとか、ちょっと興味があった。

「私は両家族で、これからどうするか、ちゃんとお話された方がいいと思います」

弁護士さんが力強い顔をして、そう断言した。

私はそれに乗っかることにした。

「私もそう思う」

「アサ、本当に、いいの?」

ママが弱々しく私を見た。

「うん」

こうして、私たちはもうひとつの家族と対面することになった。

☀

次の土曜日。また病院に集合することになった。

ここでお待ちを、と海の見える部屋に通された。部屋には窓がひとつあって、寄せては返す白波が見えた。まるで絵画みたいに、日本海を額(がく)で切り取ったようだった。

「海だね」

そう言うと、

「門司港の海とは景色が違うね」

と、ママ。

そうやって、ふたりで海を見ていた。

「こういうことって本当にあるんだねえ。映画とか、ドラマの世界かと思ってた」

しみじみとママが言う。ママは海に目線をやったまま、私を見なかった。

「この前、弁護士が言っていたけど、こういう場合は、こどもを交換して、いっしょに暮らしてみて、どうするのがいいのか決めるのがいいってね」

たしかにそう弁護士さんが言っていた。

どっちの家で暮らしたいかとか、お子さんをどのようにするのが一番いいのか、両家族納得できるように最善の方法をご家族同士話し合うことになります、と。

その話を聞いて、最善の方法も何もって思った。

こんなこと、気づかなかったらママとずっと暮らしていくだけだったのに。

今更いろいろなことを言われて、どうしろと……って、思った。

確認だけど、とママが言う。

「こどもを交換しましょうって話になったら、ママ、断っていいのよね」

「うん。向こうのこどもも、門司港のあのアパート見たらびっくりしちゃうって」

そう言うと、ママはびっくりしたような顔をしてようやく私を見た。

そしてやさしく微笑んでくれる。

「言ってくれるね～」

って、ママが肘でぐりぐりしてきた。

「それよりママこそ、向こうに血の繋がったこどもがいるんだよ。ちょっとだけでもいっしょに暮らしてみたいって思わないの？」

「う～ん。暮らしたいは暮らしたいけど……」

って、ママは言う。

「けどさ、その子からしたら、どうなんだろうって思うんだよね」

って、上の方を見ながら考えてるママ。

「私がこどもだったら、もういいじゃん、って言ってくれる人がいたらいいのにって思うかもな〜って」

「どういう意味？」

「もう今更わかんないよって。もういいじゃん、解散解散って言ってくれる人がいたら、いいのになって。わずらわしくないのにって」

ママ以外をもう親とは見られない気がする。

どっちで暮らしますか？　って聞かれたところで答えはわかりきっているんだけど、もし、向こうの家族が石油王とかで、贅沢三昧できるならどうだろうと考えなくもない。ただ、親を金額換算しているような思考に、最低だなってなる。一方で血の繋がった人がいるって、ママとパパになるはずだった人がいると思うと、どんな人なのか話してみたい気もする。けどそれは、ただの好奇心のような気もする。

そう、いろんなことを考えてしまう。頭の中がぐるぐるする。

なんだろう。ママの言葉が妙にしっくりきた。

ああもう、解散でいいよって、思ってしまった。

向こうのこどもも、そう思っていないだろうか。よっぽど毒親とかじゃなければ、私と同じ気持ちじゃないかな。もしそう思っているなら、本当、解散しましょうって、だれかが言うことが一番助かるかもしれない。

ママの言葉が、すとんと腑に落ちるというか、正しく思えてくる。

ママはスーツ姿。私も制服姿。今日はいつも以上にビシッとしていた。

「では、よろしいでしょうか」

弁護士さんが今日も来ていて、ママと私を別の部屋に案内した。

これから、取り違えのあった家族と会う。そう考えると、緊張してきた。

そして弁護士さんはある部屋の前で、トントン、とノックした。

そのトントンの音が大きくて、びっくりしてしまった。

「失礼しま〜す」

そう、私は頭を下げながら部屋に入った。職員室に入るみたいな妙な緊張感があって、私の背中は自然と丸まっているような気がした。

部屋に入ると、部屋の中にはママよりも年上っぽいおばさんと、おじさんがいた。

ふたりとも黒いスーツを着て、私をまじまじと見ている。

「はじめまして。西依と申します」

ママは横でピシッと背筋を正している。私も胸を張った。

「佐々木（ささき）です」

とおじさんが言う。

そのおじさんを見て、「あれ？」と口を突いて出た。

そう、おじさんには見覚えがあった。

「この前、学生証を拾ってくれましたよね」

「ああ、あのときの」とおじさん。

「アサ、どうしたの？」とママが聞いてくる。

「下関の方の船着き場で学生証を落としちゃったみたいで、おじさんが拾ってくれたの」

そう言うと、おじさんはとても悲しそうな顔をして、ぼそりと「おじさんか」とつぶやいた。

……そっか。

血の繋がったおとうさんなのに、おじさん呼ばわりは……たしかに。

おじさんの横にはおばさんがいた。

おっとりした顔立ちでずっと泣きそうな感じだった。ハンカチを口元に当てている。

「あの、失礼ですが」

おじさんが一瞬、だれもいないママの横に目線をやった。きっと、パパがいないことを聞きたいのだと思った。

「ああ、私、シングルなんです」

とママは言う。

「あの人は、アサが生まれたあとすぐに、病気で亡くなってしまいまして」

「そうなんですか。それは失礼しました」

「いえいえ。それよりも……」

今度はママがだれもいないおじさんの横に目線をやった。

そう、入ったときから不思議だなって思っていた。

「お子さんは……どこかに行っているのですか？」

向こうの家族に、こどもがいないのだ。

私と取り違えられたこども。

性別が違うとさすがに取り違えなんて起きないだろうから、私と同じ女の子がいるはずだ。

しかも私と同じ誕生日の女の子。

だけど、いなかった。飲み物でも買いに行ったのかなって思ってしまった。

するとおじさんは驚愕（きょうがく）の事実を口にした。

「実は、先日亡くなりまして」

その言葉に、おじさんの横にいたおばさんは、ぐすんと鼻をすすって静かに流れる涙を拭（ぬぐ）っていた。

「そもそも今回の件がわかった理由なんですが」

おじさんいわく、娘さんは病気がちだったそうだ。

先日娘さんが入院して、遺伝性の難病が見つかったらしい。遺伝性ということは、おとうさんかおかあさんか、どちらかが同じ病気になる可能性があるということで、ふたりで検査を受けたそうだ。けど、ふたりともその病気の因子は見つからなかったらしい。お医者さんの間でこれはおかしいってなって、闘病する娘さんには内緒でＤＮＡ検査をすると、血縁関係がないことが発覚したそうだ。

ママは娘さんの命を奪った病名を聞いて、

「そうですか……。あの人と同じ病気だったんですね」

と、呆然としている様子だった。

「同じ病気だったので、看病の大変さはわかります。……本当は、私がするはずだったんですよね。ごめんなさい」

そう、力のない声でママは深々と頭を下げた。

昔、私はパパの話を聞いたことがあった。「もう大変だったのよ～。毎日病院に行って体を拭いてあげないといけなくてね～」と明るく話していた。きっとママには遺伝性の病気だと伝わっていなかったんだと思った。だって伝わっていたら、いずれ私もそうなるって、心配されただろうから。

看病の大変さを身をもって経験しているから、ママは本気で謝っていた。

「いいんです」

ようやくおばさんは口を開いた。また泣き出すんじゃないかって思うような声だった。

「私たちも、あの子から……たくさんのものを受け取りましたから」

絞り出すようにおばさんは口にして、ついに泣き出してしまった。

先日っていつだろうか。もしかすると、亡くなったばかりなのかもしれない。

「さて」

黙って私たちを見ていた弁護士さんが口にした。

「これからどうするか、話をしましょう」

☀

話はこうだった。

おじさんもおばさんも私の親権がほしい。けどママはそれは難しいって話になって、少しの間、私がおじさんおばさんといっしょに暮らしてみてはどうかと提案があった。

『いきなりは決められないでしょうから、一週間ほど愛咲さんが考える時間を作りましょう』

そんなことを弁護士さんが言って、その場は解散となった。

ママが断ってくれると思ったけど、ママは何も言ってくれなかった。

なんで言ってくれなかったんだろうって帰り道に思った。

たぶん私は期待したんだ。

アサはうちの子だからいいですって言ってくれることを。

次の日は、日曜だった。

スナックの定休日で昼間からママは起きていた。

アパートの窓を開けて、差し込む光を浴びながら、ぼうっとしている。そのぼうっとに合わせて、関門海峡の方から「ボー」って汽笛の音がした。

「ぜったいあの病院から慰謝料ふんだくってやる」

そんなことをママはつぶやく。私がママの立場になったらどうなるだろう。

こんなママみたいに強い言葉は吐けない気がする。

血が繋がっていないって知って腑に落ちるところもあった。私はママみたいにバイタリティあふれる感じじゃないし、ママみたいにわし鼻で小顔じゃない。なで肩じゃないし、足も細くない。いつまでたってもあか抜ける様子もない。コンプレックスに思っていたことが、なんだろう、急にタネあかしされたような気分だった。

ママと何の話をしていいかわからなくなった。

私は畳に寝っ転がってスマホゲームをしていた。こういうとき、変にママを刺激すると、不機嫌になることがあるから。マス目にカラフルなパネルが並んでいて、パネルを入れ替えて色をそろえたら連鎖が起きて次々にパネルが消えていくゲームだ。

ママとの会話が減った。

ママはたくさん考えているのか、ずっと難しい顔をしていた。

私もどうするかたくさん考えないといけないんだろうけど、なんだろう、何もやる気がしなくって、スマホゲームばかりしていた。

一週間考えろって言ったたって、全然どうしたらいいかわからない。

いきなり別の家で暮らせって言われてもな~とは思う。逆に、血の繋がっているおかあさんおとうさんってどんな人なんだろうとも思う。次第にスマホゲームにも飽きてくる。

無性(むしょう)に、Ｙｏｒｕの音楽が聴きたくなった。

イヤホンを耳に付けてスマホで動画サイトを再生した。

すぐ耳元からＹｏｒｕの声が聞こえてくる。

聞き慣れた、力強い歌。そして元気をくれる歌。

はあ~。一生推す。

そんなことを考えながらごろごろしていた。

「アサ！」

ママがちょっとだけむっとして、こっちを見ていた。

「ん？」

イヤホンを外すと、

「ごはんにするよって言ってるんだけど」

「あ、ごめん」

「さっきから何度も話しかけてるのに」

「だからごめんって」

ママの声が聞こえないくらい熱中しちゃった私もわるいんだけど、ママはこんなことを続けた。

「そんなのばっかしないで、勉強でもしなさいよ」

って。

はあ～？　って、思った。「そんなの」ってなんなのって。

「今それ関係ないじゃん」

「こうでも言わないと、アサ、今日は一日中スマホいじってたじゃん」

ママはそう言って、「動画サイトでずっと音楽聴いて、なんになるの」って言った。

あ、もうこれ言い返さない方がいいやつだって、思った。

同時に、私もカチンときてしまった。

Ｙｏｒｕとの時間を「なんになるの」って。

ママから見たらなんになるわけでもない。けど、私にとってはすごく大切な時間なんだ。

それがうまく言語化できないし、ママには伝わることはないだろうし、怒りのような、悲しみのような、憎しみのような、よくわからない感情が胸の奥に湧いた。

私が黙ってしまって、ママも黙っていた。

無言の時間が流れていた。

ずっとふたりで黙っていた。

窓の外から、「ボー」って汽笛の音がして、ママが沈黙を破った。

「夜ごはん、冷蔵庫にあるからあたためて食べて」

ママは、「ちょっとボトルが足りてるか気になるから、お店に行ってくる」って、玄関に向かった。

ガチャって玄関が開く音がして、ガチャンって閉まる音がした。

さいあく。

そうつぶやいて、私は耳を塞いだ。

イヤホンからＹｏｒｕの歌が流れた。

☀

加奈子とお昼ごはんを食べようと思ったらお弁当がないことに気づいた。

「ごめん、パン買いに行っていい？」

「あれ、アサ、お弁当じゃないんだ」

「そうなの。なにげに学校のパン、初めてかも」

ママは風邪(かぜ)でもインフルエンザでも、どれだけ体調がわるくてもお弁当を作ってくれた。けど、最近のママはお店から帰ったら力尽きたように寝ちゃっている。

夕方に起きて夜ごはんは作ってくれるけど、なんだか元気がない。

たぶん、たくさん考えているんだと思う。

加奈子はお弁当を持ってきていたけど、パンを買う私に付き合ってくれた。

そんなに大きい高校じゃないし、みんなお弁当を持ってきているから、そこまで購買部は広くない。カトリック系の学校だからか、聖書になぞらえて、購買部のパン屋さんには「命のパン」という名前が付いている。聖書はパンが好きだ。

加奈子がメロンパンを指さして、これおいしそうじゃない？　とか、コロッケパンを見て、これもいいねえ〜、ってまるで自分が食べるみたいにパンを選んでいた。

「どうせ教室の外に出たんだし、中庭で食べようよ」

白い校舎に囲まれた中庭の入り口は石造りのアーチになっていて、中に入ると少しの緑と赤煉瓦の床が目に入る。そこにはウッドテーブルが並べてあって、ちょっとした外国気分を味わえる場所になっている。

いつもは教室で食べるから中庭に来ることもないんだけど、いつかは来てみたいなと思っていた場所だった。

加奈子は、「うへ～、校舎に囲まれているから、みんなに見られるね」なんて言いながらキョロキョロしている。私は気にせずメロンパンの袋を破った。

「アサ、なにかあった？」

加奈子は自分のお弁当を広げながら言った。

「なんで？」

すると、加奈子はあははって笑った。

「なんで？　って聞き返す人って、大抵何かある人なんだって」

わかりやすいな～、って加奈子は笑っている。

「なんでもない……」

そう言いかけて、言葉に詰まった。

何もないわけじゃないんだ。

けど……加奈子に相談して、重くないかな。

そう思うと、どうしても言葉にできない。

友達に家族の話をしていいのか、わからなくなった。

「ん～、今度ね」

それよりメロンパン、おいしいよ。

そんな感じで、あいまいに笑って、私はごまかした。


その日の夜、夜ごはん中もママは上の空だった。

取り違えのことを考えているような、もしかすると全然違うことを考えているような感じ。

ママがそんなだと私も歌える気がしなくて、家の中なのに息がつまりそうだった。

夜ごはんを食べ終えて、ママがお店に出ようとしていたときだった。

ママは玄関で、私に背を向けたまま言った。

「ごめんね、アサ」

一瞬、どきっとする。何に対する「ごめんね」なのかわからなかった。

「なにが?」

聞いてみたけど、「なんでもない」って力ない声で返ってきた。

じゃあ行ってくる、ってママは出て行った。

「………」

バタンと扉が閉まって、家の中がしんとする。

「なんなんだよもう！」

うじうじするところも、はっきり言わないところも、むかつく！

私は両耳をイヤホンで塞いだ。

イヤホンからＹｏｒｕの歌が流れた。

いつも聞いているＹｏｒｕの歌。

その歌と声を合わせる。

「完全な闇なんてないんだって外を見た♪」

そうだよ。完全に心が闇に覆われることなんかないんだ。

真っ暗でもどこか光がある。そう教えてくれる気がする。

Ｙｏｒｕの作る歌の歌詞が好き。

世界観が好き。

世界の見え方を切り取って、はっとさせてくれるところが好き。

前向きにさせてくれるところが好き。

もちろん歌声が好き。

そう考えると歌ってすごい。ただの声と楽器の音なのに、そこに意味と奇跡を感じてしまう。

何度この歌を口ずさんだだろう。

何度この歌に勇気をもらっただろう。

きっとこの動画の百万の再生回数のうち、一万は私が聴いている。

そんな自信がある。

Ｙｏｒｕがサビに入った。

「星が消えてく夜のはし、夜のはしには～♪」

私も声を重ねる。

夜空の端にあった星たちがだんだんと見えなくなっていく。

きっと太陽が昇(のぼ)る準備をしているんだって、Ｙｏｒｕは歌っているんだと思う。

そんな見方をしたことがない私からすると、感性が天才過ぎて尊敬する。歌声を聴いているだけで身をよじってしまいそうになった。

は～一生、推せる。

この推しへの感情が、私の心の均衡(きんこう)を保っている。確実に。

☀

ママは病院と弁護士と、そして向こうの家族と、たまに打ち合わせに行く。

示談(じだん)とかこれからのこととかいろいろ、難しい話があるそうだ。

そして私は、約束の一週間が経ったけど、いまだにどうするか答えは出せずにいた。

『一度、私たちがいないところで両家族集まって、フランクに食事でもしてはどうか』

そんな提案が弁護士さんからあったらしい。

ママは嫌だったらしいけど、向こう側のおじさんが乗り気で断れなかったって言っていた。

集合場所のファミレスに向かう道中で、ママはずっとぶつぶつ言っていた。

門司港側の関門トンネルの入り口すぐ。

歩いても行けるファミレスだったけど、ママは車を出してくれた。

一階が駐車場、二階がお店になっているファミレスで、車を停めると、少し離れたところに見たこともない大きな外車があった。

向こうの家族はもう来ていて、私たちは向き合うようにボックス席に座った。

好きなものを食べましょうと、笑顔のおじさんは私にメニューを渡してくれた。

ママといっしょにメニューを見て、私はチーズインハンバーグに決めた。

荷物があるからと、ママと私、おじさんおばさんと、交互にドリンクバーの飲み物を取りに行った。私がメロンソーダとオレンジジュースを混ぜたものを持ってテーブルに戻ると、おばさんから「愛咲ちゃん、それなに?」って笑われた。

笑われる理由もわからなくて、

「ドリンクバーって混ぜたくなりませんか？」

って聞いてみると、「しないよ〜」って、おじさんおばさんは無邪気なこどもを見るような目で笑っていた。おじさんおばさんはハーブティーとウーロン茶だった。ふたりに合わせて笑っているママは、紅茶にオレンジジュースを混ぜたオレンジティーのグラスを隠すように握っていた。

今までファミレスのドリンクバーでオリジナルドリンクを作ってきた私からすると、笑われるほどなのかと衝撃だった。

当たり障りのない話をしながら、ごはんを食べた。

たまごの殻を割らないように慎重に扱うみたいな、そんな感じの空気だった。

みんながごはんを食べ終わるころ、私は三杯目のドリンクバーをお代わりしに行った。

テーブルに戻ると、おじさんおばさんがママになにか相談しているようだった。

「どうしたの？」

「アサの写真が見たいんだって」

「え〜、恥ずかしいよ」

って断ると、おばさんがさみしそうに言った。

「私たちにはもう、愛咲ちゃんしかいないから……」

その言葉に、はっとする。

こんなことを言われるとさすがに断れる雰囲気でもなくなって、ママはふたりにスマホの画面を向けた。

「これが、三歳のときのアサです」

これがうどんを食べて顔中ネギだらけになっているアサです。

これがザリガニを怖がっているアサです。

これが前髪を切り過ぎちゃったアサです。

ママがそんなことを言っていて、

「ちょっと恥ずかしいよ~」

「いいじゃない。これがアサなんだから」とママ。

ママのスマホを奪おうとすると、ボックス席の奥の方に移動して、私をのけ者にするように
ママとおじさんおばさんは写真を見る体勢になった。

そんな大人たちを無視して自作のメロンヨーグルトを飲む。

すると今度はおばさんが自分のスマホを開いて、

「こっちが、サヤです」

と、言った。

ママは反応が薄かったけど、目を大きく開いて、じっと見ていた。

やっぱり本当のこどもは興味あるんだ。

そう思った。

私も見せて〜。

そう言いたかったけど、大人たちが写真の見せ合いっこに盛り上がっている中、私が水を差しちゃう気がして、なんとなく、その間に入ることは憚（はばか）られた。

「これが中学生のときのサヤです」

その写真を見たママは聞こえるか聞こえないくらいの声で、「会いたかったなあ」って言った。おばさんのスマホを食い入るように見ながら、やさしそうな表情をして、そして目はとても悲しそうだった。私には、ママがどんな心情なのかはわからなかった。

「で、こっちが」

おばさんがスマホをスワイプすると、みんな固まった。

そしてすぐ、

「ごめんなさい。入院しているところ、見せるつもりはなかったんです」

っておばさんはそそくさと、スマホを鞄（かばん）に仕舞（しま）った。

ちょっとごめんなさい、と立ち上がったママはドリンクバーに向かった。声が湿ってる気がして追いかけられなかった。娘さんが亡くなっていることを直視してしまって辛くなったのかな。ママが心配だった。

少し、バツの悪い空気が漂った。

「そ、そうだ。愛咲ちゃん、デザートは食べない？」

と、おじさんがむりやり盛り上げようとしてくれた。

「え。いいの？」

ファミレスであんまりデザートを食べることがない私からすると、またとない機会だった。

私が注文したチョコサンデーはすぐに来た。

ママはなかなか帰ってこなかった。

「愛咲ちゃんってスポーツとかやってるの？」とおじさん。

「いえいえ全然です。やってるように見えますか？」

するとおばさんが、

「なんだか愛咲ちゃん、すらっとして、引き締まっているように見えるもの」

「おい、それはセクハラじゃないか」

「私は女同士だからいいのよ」

おばさんがそんなことを言うと、おじさんは「ずるいな～」と大きな声で笑った。

私もつられて笑っているとママがドリンクバー片手に戻ってきた。

大笑いする私たちに驚いたのか、ママは目を大きくしていた。

私は立って、ママに席をゆずる。

「もうすっかり仲良しじゃない」

無理したような笑顔でママは言った。

それから私がチョコサンデーを食べ終わるまで、みんなでとりとめのない話をした。

ママはどこか疲れたような顔をしていた。

じゃあ、解散しましょうか。

そんな流れになって、おじさんが伝票を持って立ち上がる。

「ここは私たちに払わせてください」

「いえいえ。そんなわけには」とママ。

「いいじゃないですか。今回は」とおばさん。

「いえいえ」『そんなわけには』『いえいえ」

そんな押し問答があって、結局おじさんが払ってくれた。

「では」

そう言って、駐車場でおじさんおばさんたちと別れた。

ママと車に向かうと、おじさんがママを呼び止めた。

「ちょっと話せませんか」

そんなことをおじさんが言うので、ママは「先に車に乗っておいて」と私に言った。

車の中でママを見る。車の窓ごしだと全然声は聞こえない。ママは不安そうな顔をしながら
おじさんの話を聞いて、愛想笑いで会釈（えしゃく）して、帰ってきた。車に乗り込んで「行こうか」っ

てエンジンを付けた。ママの表情は硬かった。何を言われたんだろうって思った。

おじさんおばさんは、あの大きな外車に乗って帰っていった。

車を走らせるとママは無言だった。

時々、車が曲がるときに、ウインカーの音がカチカチと鳴った。

「今日のチョコサンデー、おいしかったなあ」

いつまでも無言だとつらいので、無理に話題を振ってみた。

するとママはこんなことを言った。

「ねえ、アサ」

「ん?」

「聞いたことはなかったけど、あっちで暮らしてみたい?」

思わぬ言葉に、「え?」ってなった。

「どうして?」

「佐々木さんたちね、どうしても一度だけアサと暮らしてみたいんだって」

「それ、さっきおじさんから言われたの?」

「おじさんって、アサの血の繋がった父親よ?」

運転しながら前だけを見ているママは、心底疲れたように口にした。

ママから父親って言われると、なんだかショックだった。胸がズキッとした。

「『ひと月だけでいいからアサといっしょに暮らしたい』って言ってたわ」

「そんなこと言われたって……」

たしかに娘さんが亡くなって、残っているのは血の繋がった私だけなんだと思った。けど、そんなことを言われたって、あっちに行けこっちに行けって、私の意思は？　とも思う。だんだんとむかついてしまった。

「『こどもを交換しようって話になったら、断っていいのよね』って言ってたの、ママじゃん」

「そうだけどさ」

と、ママは続けた。

「ママはね、アサが幸せに暮らせる方ってどっちだろうって思うの。なんかあっち、想像以上にちゃんとしてるし、アサもすぐ打ち解けてたし」

ママのところよりも不自由なく暮らせるかもなって。

そう、ママは続けた。

……なにそれ。

「だからアサも、一度向こうに行ってみて、考える時間がある方がいいんじゃないかって」

そんなことを言うママに、

「ほんと、なにそれ！」

って叫んでいた。

もう自分勝手すぎる。私の意思なんて無視じゃん！

よっぽどママにそう言ってやろうと思ったけど、

「わかったよ！」

ってぐらいしか言えなかった。

両耳をイヤホンで塞いで、もう話したくないアピールをする。

「じゃあ、向こうの家族に行くって連絡していいの？」

イヤホン越しにママの声がした。

「いいよ！」

って叫ぶように言っていた。

こうして私は、一ヶ月間、向こうの家で暮らすことになった。

2・夜の下関

勉強しなさいとか、家事を手伝いなさいとか、
自分の趣味で洋服を選んでくるところとか、
ママの嫌いなところはたくさんあるけど。
おいしい料理を作ってくれるところとか、
なんだかんだ応援してくれるところとか、
そういうところがママの大好きなところです。

☀

「で、アサは今、下関（しものせき）で暮らしている……と」

ポケットに手を突っ込んだままの加奈子（かなこ）は地面をじっと見ながら歩いていた。

下関で暮らすようになってから二日目の朝、いつもの待ち合わせ場所に行くと、加奈子は船着き場を背伸びしながら眺めていた。その加奈子に後ろから声をかけると、加奈子は一瞬ぎょっとして、「え？　泳いで渡ってきた？」って聞いてきた。

そして加奈子ならいいかって、この激動の数週間を説明した。「いきなり言われて驚くと思

うけど」「ちょっとやそっとじゃ驚かないよ～」って答えていた加奈子だったけど、「え！」とか「まじ？」とか、私が何か話すたびに驚いていた。

　加奈子は驚いたテンションのまま、「じゃあ今日は名池（めいち）から抜けて学校行くか」っていつもと違う通学路を提案してきた。「なぜ？」と聞くと、「なんとなく」だそうだ。

　少し聞きづらそうに私の顔色をうかがっているような加奈子は、私と目が合うとごまかすようにニカッと笑った。

「あ～、ついにアサも下関ガールの仲間入りか～」

　写真館を曲がって山の方に上がり、ふと振り返ると、下関の街並みが開けて見えた。市役所が見えるし、関門橋（かんもんきょう）も見える。空は青いし、オレンジや茶色や黒色をした民家の屋根も見える。ついでにグレーのおしゃれマンションも見える。スーパーのサンリブのマークも見えるし、十字架を載せた緑色の屋根の教会も見える。なんなら街の向こうの緑深い山々も見える。ふだんは学校に行くだけの下関という街が、急にすごくカラフルで身近な街に思えてくる。

　この色とりどりの街で一ヶ月暮らすのか、とふと思った。

「下関ガールってなによ」

「下関に暮らすナウでヤングなガールだよ」

「死語がすごいな」

　死、という言葉に反応したのか、

「下関の家族のお子さんって亡くなってたんだよね」

加奈子の表情に影がかかった。

「うん。サヤさんって言うみたい。おとうさんおかあさんがサヤって呼ぶから」

「どんな人か写真とか見た？」

「見てない。家に写真がないんだ」

「え。遺影もないの？」

目を丸くする加奈子。

「ないの。お骨が入った箱はあるんだけど、写真はなくて」

「仏壇(ぶつだん)の中とかに飾るんじゃないの？　よくわからないけど」

「四十九日までは仏壇の扉を閉めなきゃとかで、そういう写真も見てないんだ」

「そういう風習なの？」

「知らないよ～。周りの人が亡くなったことなんてないし」

すると加奈子は、「え……」って驚いていた。「いや、アサのおとうさん……」って続ける。

「あ～、そっか。パパは物心つく前だったからノーカンにしてた」

「ノーカンって……」

加奈子はあきれた声を出しつつも、口の中で反芻(はんすう)するように言った。

「そっか……。まだ亡くなって、全然日が経(た)ってないんだね」

激動だね～、と加奈子はめずらしくポケットから手を出して、頭の後ろに組む。

「そうだよね。娘が亡くなって一週間足らずで別の娘が見つかっちゃうんだから、私だったらもう感情ぐちゃぐちゃだよ」

病院でおかあさんは泣いていた。あの涙は、生き別れた私との再会で流した涙ではないことはわかっていた。

「いつまでこっちで暮らす予定？」

「七月いっぱいかな」

「じゃあ亀山のお祭り、いっしょにいける？」

「おかあさんに聞いてみるよ」

屋台でリンゴ飴食べようよ、と加奈子は言う。

やっぱ綿菓子かな～って言って、

「ちなみに住み心地はどう？」

って、続けた。

これが本題だったのか、加奈子は心配そうな顔をしていた。

あ～、ありがとうベストフレンド！　って思った。口には出さないけど。

「おとうさんもおかあさんもいい人だよ。おとうさんは仕事で遅いけど、おかあさんはずっといるし」

「赤間神宮近くのマンションだっけ」

「窓から海が見えてすごいんだ～。それに十三階だよ。最上階！」

「へ～。良いところじゃん」

「控えめに言って、最高だね」

そんな感じでドヤ顔をすると、加奈子は安心したような顔をした。

☀

「ただいま～」

オートロックの扉を解錠するのもなんだか緊張するし、住みなれていない家のドアを開けるのもちょっと緊張する。ドアを開けた瞬間、よその家の匂いがして、おじゃましま～す、ってつぶやきかけてしまった。

「おかえり～！」

リビングからおかあさんの声がした。

玄関を入ると直でキッチンだった我が家と比べると、玄関を入ってフローリングの床がリビングに繋がっているだけで緊張してしまう。自分ちでは履いたことのないモコモコのスリッパを履いてつやつやしたフローリングをす、す、す～って歩いた。

「ただいま」

リビングのアイランドキッチンにおかあさんがいたので、また「ただいま」って言った。広い家だと「ただいま」を二回言わないといけないことを知って新鮮に思う。

「はい。おかえり～」

と、おかあさん。「おかえり」も二回言う必要があるようだ。

おかあさんはにこにこの笑顔だった。

下関に来て、おかあさんをなんて呼べばいいか悩んだ。「おばさん」はちょっと違うし、ママは、ママとかぶってしまう。だから「おかあさん」と呼ぶことにした。

正直まだ慣れなくて、言い間違えてしまいそうになるときもあるけど、慣れていかないといけないんだと思う。

「おかあさんは何作ってるの？」

「今日はコロッケにしようかと思って」

おかあさんを見て、この人が血の繋がったおかあさんか～ってしみじみ思ってしまった。垂れ目でおっとりとした顔をしていて、私と似ている……のだろうか、と一瞬考えてしまった。

おかあさんは、茹(ゆ)でたばかりのほくほくのジャガイモの皮を、熱い熱いって言いながら剝(む)いている。

冷凍コロッケを揚(あ)げるのではなく、一から手作りするコロッケだ。すごい。初めて見た。

「手伝おうか？」

いいのいいの、っておかあさんは言う。

私は意識的にタメ口を使うようにしている。おかあさん呼びに加えてこのタメ口も慣れないけど、血の繋がったこどもから敬語を使われてどう思うかと考えたとき、私はやめようって思った。

「手伝うよ～」

って私が腕まくりをすると、蛇口で手を洗ったおかあさんは手を頬に当てた。

「やっぱりその制服かわいいね～」

「そう？」

私はくるりと回ってみせる。

「ずっと紺色の制服しか見ていなかったから、茶色の制服は新鮮」

「たしか、サヤさんは西高だったんだよね」

西高は下関で一番偏差値の高い高校だったはず。

トンビだって自嘲していたママのＤＮＡも鷹だったじゃんって思った。

「そうよ」

って、おかあさんは遠い目をしていた。目線の先には扉の閉まった仏壇があって、話題には気をつけた方がいい気がした。

私は鞄を床に置いて、麦茶を入れようとキッチンに向かう。

すると自然な流れで、おかあさんから麦茶が出てきた。すごい。

「そういえば、なんで愛咲ちゃんは今の高校なの？」

「中学受験したんだけど、福教大付属は落ちちゃって、今の学校の中等部なら特待生で授業料免除があって。ママ、そういうのに弱くて……」

「あらあら、愛咲ちゃんも勉強ができたのね」

「ちょっとです、ちょっと」

褒められるとつい敬語が出てしまって、少しぎくってしてしまった。

おかあさんはそんなこと気がついていないようだったので、

「じゃあ、私はお風呂でも洗おっかな～」

って、言うと、

「もう、たまってるよ～」

って、おかあさんから返ってきた。

「え」

一瞬、素の声が出た。お風呂の準備は今まで私の当番だったから、やってもらっているとは思わなかった。

「……ありがとう」

って、私は自分の部屋に着替えに向かった。

自分の部屋についてひとりになると、ブラウスを脱いでベッドに投げた。

「至れり尽くせりか!」

ここに来て私は家事をしていない。

お風呂を準備しようとするともう沸かされているし、ごはんもあの調子で手伝わせることもない。お皿を下げて洗おうとすると、「置いておいて!」って言われるし、洗濯機の使い方を聞くと、「なんで?」ってきょとんとされる。こどもに家事をさせると捕まるとでも思っているのだろうか。今までと真逆の価値観にびっくりする。

「すごいな~。逆にウチがめずらしいのかな~」

ママとふたりで暮らしているから、協力することが染み付いている。

それを、なんで? ぐらいのノリできょとんとされると、今までの暮らしがなんだったんだって思ってしまう。楽だけど、逆にソワソワする。

部屋着に着替えて、ハンガーに吊るした制服を壁のフックに掛ける。

部屋はサヤさんの部屋を使わせてもらっていた。片付けたっておかあさんは言っていたけど、机や本棚はそのままだし、クローゼットの中身は手を付けられていないらしい。

『サヤは……クローゼットを開けられるのが嫌いだったから……』

そう悲しそうな顔をされると、私だって開くのは憚られてしまう。

教科書とかノートとかそういうのは丸々残っていて、片付けたって何を？　って思ったけど、そりゃすぐ捨てられないよなって思った。ここはまだサヤさんの部屋だった。

「サヤさんって……趣味とかなんだったんだろう……」

って、思ってしまった。

本棚には漫画も小説もないし、部屋にはテレビもゲームもない。家具にはあまり色味がなくて、カーテンもベッドシーツもグレーに統一されていた。顔も見たことがないし、どんな人だったのか想像がつかない。

ベッドに横たわると、ふっとトリートメントの香りがした。

髪の毛がサラサラでみんなからうらやましがられているクラスメイトと同じ匂いがした。

サヤさんについて、黒髪ロングの美少女像が、私の中で広がる。

「サヤさんって、ママ似なのかな」

スマホのライブラリを開いて、ママとの写真を眺める。この前、小倉でイタリアンを食べた写真とか、いっしょにスポッチャで遊んだ写真とか。

ママからの連絡はなかった。

「なんで連絡してこないんだろう」

ってつぶやくと、手がすべってスマホが顔に落ちてきた。

鼻に当たって、痛っ！　って声が出た。

☀

高校から帰ってお弁当箱に水を張るだけで、「えらいわね～」って褒めてもらえるし、食後お皿を下げるだけで「助かるわ～」って言われる。掃除洗濯すべて、高校から帰るとおかあさんが済ませていて、本格的に何もやることがなかった。

「こどものうちはお勉強が仕事なんだから」

って、言ってくれるし、

「学校で疲れているんだから、ゆっくりしてもいいのよ」

って、甘やかしてもくれる。

すごい……激甘だ。虫歯になるレベルの激甘だ。

ソファーに座って、でっかいテレビでバラエティ番組とか見て、「それおもしろいの？」「おもしろいよ」「私も見ちゃお」って、おかあさんと並んでテレビを見て、たまに船の汽笛が聞こえてきてはソファーから見える夜の関門海峡を見て、きれい～、ってつぶやいていた。

本格的にダメ人間になりそうだった。

そういえば日課のランニングも下関に来てからはやっていない。どこで歌っていいのかわからなくて歌の練習もしていない。

「ねえ、おかあさん」

「なに?」

「外を走ってきていい?」

「今から?」

おかあさんは驚いている。時計を見ると夜の八時。

「ダメ?」

「やっぱり遅いんじゃない? 愛咲ちゃんに何かあったらって思うと、おかあさん心配かな」

やっぱり、普通の家庭ならこんなことを言われるのかなって思った。

「わかった。じゃあ夕方に走るね」

「愛咲ちゃんって運動部なの?」

「んーん。ただの趣味」

おかあさんは驚いた表情をしていた。

「趣味でも体を動かすってすごいわね」

って全肯定してくれる。女神のような人だと思った。

それから私は夕方に走るようになった。

イヤホンでＹｏｒｕを聴きながらランニングをすると、Ｙｏｒｕの歌声は下関の方が合っている気がした。下関の潮風は海の匂いがきつい気がして、そのはっきりとした海の匂いが、Ｙｏｒｕのはっきりとした発声に合っていた。

壇ノ浦へ走っていく。十八時とはいえまだ日は高い。空も右手に見える海も青々としていて、対岸の門司港が青く見える。あんなに青い街だったんだって走りながら思った。

関門橋の下を通ると、本当に大きな橋なんだなってびっくりする。橋の柱なんてすごい太さだ。そのまま走っていくと、源氏と平氏の対決を模した銅像もある。なぜか海に向かって大砲が並んでいる。左手には人道があって、エレベーターで地下に降りると関門海峡を歩いて渡れる。その人道入り口まで走って引き返すルートが、私のランニングコースとなった。

家に帰ると、おかあさんは開口一番、「お風呂沸いてるよ〜」って言ってくれる。

「は〜い」

って言って、私は洗濯機にランニングウェアを投げ入れる。

湯船につかると「天国〜」って声が漏れた。

ここのお風呂は門司港の家とは違って足が伸ばせるほど広い。今までは昔ながらのステンレスのお風呂だったけど、ここのお風呂は今風のすごくきれいなお風呂だ。

それに、

「あ〜、これきもちいい〜」

ボタンを押すと、ボコボコと気泡が出てくるし、肩湯も出てくる。

なんだこれ。天国か。

そんなことを考えてしまう。

数日も経つと、すっかり私はおかあさんに懐柔されてしまっていた。

慣れって怖い。

お風呂が準備されていることへの感謝も薄くなっているし、たくさん洗濯物を出しておかあさんが大変っていう感覚もなくなってきている。

罪悪感がお湯に溶けていくようだった。

おかあさんが大分で買ったっていう入浴剤がいけない。全身ぽかぽかだ。

ばしゃばしゃっと顔を洗って、「あ〜」って声が反響した。

「オレンジ色の夜のはし、夜のはしには〜♪」

またＹｏｒｕの歌を歌っていた。

お風呂は反響するから歌がうまく聞こえる。

しばらく歌っていなかったから、私も熱が入ってしまった。

するとお風呂上がり、牛乳を飲もうとしていた私に、おかあさんがこんなことを言った。

「愛咲ちゃんって、歌うの好きなの？」

もし牛乳を口に含んでいたら噴き出していたと思う。

「ご、ごめっ！　え、え？　聞こえてた？」

「もうばっちりよ」

人差し指と親指でわっかを作って、ＯＫ〜ってするおかあさん。なにがＯＫなんだ。

「恥ずかしい〜、忘れて？」

「なんでいいじゃない。家の中ならどこでも歌ってもいいのよ」

「けど、私、人様に聞かせるほど上手じゃないし」

「けど好きなんでしょ？」

にっこりとするおかあさんに、なんだろう、すごく安心してしまった。やっぱり、血が繋がっているから……なんだろうか。

ああ〜、おかあさんにダメ人間にされてしまう。

☀

今日は新月だからか、それとも山奥だからか、見上げると満天の星だった。

まるでプラネタリウムのような星空は初めてで、「うわ〜」と声が漏れていた。

「愛咲ちゃんはキャンプ初めて？」

とおかあさん。

はい、って答えそうになって、「うん」って声を出した。

「ほら、肉が焼けるよ」とおとうさんがトングでお肉をつつくたび、じゅううって、白い煙とお肉が焼けるおいしそうな匂いが立ちこめた。パチパチと真っ赤になった炭が音を立てている。

焼き肉のタレを脂の乗ったお肉につけてパクリ。

「なにこれ！　この牛、めっちゃうま！」

って、私は叫んだ。

「そんな大げさな」

って、おとうさんは笑う。大げさではない。こんなサシの入ったお肉は初めてだった。

「このお肉、ごはん力めっちゃ高い！」

お肉をごはんに乗せていっしょに頬張る。脂が甘くて何杯でもおかわりできそうだ。

「ごはん力ってなんなの～」

とおかあさん。

「ひとくちでどれだけごはんが進むかの力だよ！」

おとうさんもおかあさんもうれしそうに笑っていた。

その週の土日、「家族でキャンプに行こう」って言われた。

まだ「家族」って言われることに違和感はあったけど、おとうさんもおかあさんも私と家族になりたいんだって思ってくれていることはうれしかった。けど、胸がチクッとしたことも否めなかった。そのチクッは、おかあさんたちに向けての申し訳なさか、ママに対しての申し訳なさか、それともサヤさんに対する申し訳なさか、なかなか言語化することは難しかった。

ママの軽自動車の三倍はあるかと思うような大きな車だった。しかも左ハンドル。私は初めて外車に乗った。

下関の山奥に湖があって、その湖に隣接したキャンプ場に来ていた。

ちらほらと他のキャンプ客はいるけれど、混んでもいない。

ランタンの明かりが網の上の霜降り肉を照らしている。

おとうさんは肉奉行(ぶぎょう)をしている。

「おとうさんはキャンプ好きなの?」

うん、好きだよ、って返ってくるけど、お肉に集中しているように見えた。

おかあさんと目を合わせて、ふたりでふふふって笑ってしまった。

「ふたりって、同じ笑い方をするんだな」

おとうさんがうれしそうな顔をして、「写真、撮っていいかい?」と一眼レフカメラをこっちに向けてきた。

おかあさんが私へ身を寄せる。カメラを向けられてふたりとも自然とピースサインをしていた。どこが似ているポイントなんだろうって思ったけど、こういうところが似ているんだろうなあって思った。

おとうさんはひとりでお酒を飲むって言うので、おかあさんと散歩に出た。

テントを張っているサイトから湖に下りる長い下り坂があって、ＬＥＤランタンを片手におかあさんと歩いた。

下り坂の途中、景色が開けて湖が見えた。

空には星が瞬いていて、目の前には黒い水面が広がっている。さすがに水面に星が映ってはいないけれど、例えば月夜だったなら、あの広い水面に月が映ったのかな。

「愛咲ちゃんがアウトドア好きでよかったわ～」

おかあさんもお酒を飲んでいて、いつもより呂律（ろれつ）がゆっくりだった。

「サヤは中学生になったらもういいって、付いてこなくなっちゃったから」

私は好き嫌いがあるというよりか、経験したことがあまりなかったし、断ることもなんだか悪い気がしただけなんだと思う。

それに、中学の多感なころだったなら私も親とキャンプは嫌だったかもしれないし。

そんなことを胸の奥にしまっていると、

「やっぱり私たちの子なのね～」

って、おかあさんは言った。

この言葉になんて反応していいかわからなかった。

私は知っていた。

私が寝たあと、おかあさんは眠る前に仏壇に手を合わせて泣くことを。

朝、リビングがほんのり線香の匂いがすることを。

仏壇ってこんな風に故人を思うものなんだって初めて知った。

おかあさんは……どんな気持ちで、私といっしょにいるんだろう。

想像しても、わからなかった。

そりゃそうだと思う。娘が亡くなったばかりなのだから。もしかすると私をサヤさんの代わりと思っているかもしれないし、代わりと思わないように苦しんでいるかもしれない。はたまたそんな考えはないかもしれないし、ただただ血の繋がった娘と会えてうれしいだけなのかもしれない。

星を見ながら、私もどう思っているんだろうって考えてみた。

やっぱり今さらおかあさんの娘になることは想像できないし、ただこの家に最初から生まれていたらどんな生活をしていたんだろうって気になるし、ママは元気かなって思うし、サヤさんと会ってみたかったし、おかあさんがこっちで暮らしてほしいって言ったら、血が繋がっている以上、義務を感じてしまうかもしれないし。

まるで頭上に広がる星の数だけいろんな考えが散らばって、それぞれがどれも正解って光っているようだった。

とりあえず、

「星がきれいだね」

って、当たり障りのない返しをした。

「そういえば、愛咲ちゃんは歌うことも好きなんでしょ」

「もう、忘れてよ～」

「え～なんで～？」

おかあさんが肩をぶつけてきた。

「好きなことは応援するよ」

そんなやさしいことを言ってくれた。

その言葉で心が開いてしまったのか、

「好きな歌手がいたんだよ」

「テレビに出てるような人？」

「動画サイトしか出てないけど、百万再生とかされているから、結構有名な人」

「ごめんなさい。そういうの、よく知らなくて」

こんな歌、って私は歌ってみた。

おかあさんは興味津々に聴いてくれている。

そしてサビに入った。

いつもママに止められていたところだったけど、おかあさんはニコニコして聴いてくれた。

「すごいじゃない！　上手よ、上手！」

一番を歌い終えるとおかあさんはパチパチと手を叩いてくれた。

あ、褒めて伸ばすタイプなんだ……って、なんだろう、気恥ずかしさすら覚える。

ありがとうって言うと、いいえ、って返ってきた。

「ね、愛咲ちゃん」

「なに？」

「唐戸の十字堂楽器店の上の階でボーカルレッスンがあるんだって。そんなに歌が好きなら、やってみない？」

と、おかあさん。

まさかそんなことを言ってくれるとは思わなくて、

「え。やる」

って、即答していた。


翌朝目が覚めてテントを出ると、朝露が芝生を濡らしていた。

初夏だというのに山の中はひんやりとして涼しい。緑の空気を思いっきり吸うと、なんだろう、すごく健康にいい気がした。自然のエネルギーを取り込んでいる感じ。

薄暗い中、ひとりで湖に降りて水面を見ていた。水面には靄（もや）がかかっている。

次第にあたりが明るくなり始めて、今まさに湖に朝日が差しそうになっていたときだった。

「愛咲ちゃ～ん」

おかあさんの声がして、「はーい」ってテントに戻った。

☀

下関の家で暮らし始めて二週間。おとうさんおかあさんにもだいぶ慣れた。

朝は家族三人で朝ごはんを食べる。

「ソース取って～」

「はい、ソース」

目玉焼きにソースをかける文化じゃなかったみたいで、最初は驚かれた。ふたりはしょうゆ派だったらしい。私もしょうゆ派に改宗できないか試みたけど、やっぱりソース一択だった。

「なんでソースなの」

おかあさんは笑っている。

「ソース味ってなんでもおいしくならない？」

まあまあ、とおかあさんはまた笑っていた。

「夜ごはん何がいい？」

「朝ごはん中に聞く？」

「夜ごはんのメニューを決めるのが一番大変なのよ」

「じゃあ……」

と私は考えた。

「コロッケかな」

「好きね～」

「うん。おかあさんの手作りコロッケは、今まで食べたことがないくらいおいしかった」

「そう言ってもらえるとうれしい」

おかあさんはずっと笑っていた。おかあさん越しに窓の外を見た。青空が広がっていて、外から「ボー」って、汽笛の音がした。


夜はおとうさんの帰りが遅いから、だいたいふたりで夜ごはんを食べる。

コロッケをふたりで食べると、おかあさんは歌の練習に付き合ってくれる。

海側の窓のカーテンを開くと、外が暗いから半分鏡みたいになる。縦二メートル以上の大きな窓は、私の全身を映してもまだ余る。

窓から夜の関門海峡が見えて、関門海峡の奥には門司港の街の夜景が見えた。真っ黒な水面は波打つごとに光っていて、その奥に定規で引いたようなまっすぐな対岸が見える。その対岸に白や黄色い光が並んでいてきれいだった。あの街の光の中に、ママがいるんだろうかと考えた。サヤさんとママってこんなに近くにいたんだ。そう考える一方で、私とおかあさんも、ずっとこんなに近くにいたんだと思った。

私はボーカルレッスンに通わせてもらえるようになった。

声を揺らせばビブラートと思っていたけど、あごを使ったり、喉を使ったり、横隔膜を使ったり、なかなか奥が深かった。そういうことも、しっかり学んでいけた。

歌唱力が上がっていく実感があって、それがうれしくて、家でも練習するようになっていた。

おかあさんが発声練習の本を片手に、腹式呼吸のやり方とかを説明してくれた。

「おかあさんも歌ったら？」

「私は、苦手だから嫌よ～」

ふふふ、っておかあさんは笑う。

「ほら、愛咲ちゃん歌って」

私は歌う。

「上手、上手～」

ぱちぱちとおかあさんが手を叩く。

私が歌うと必ずおかあさんは「上手」って言ってくれる。

褒めて伸ばすタイプは気持ちがいい。

このまま続けていくと、いつかママくらい上手になれる気もする。門司港に帰ったときに披露(ひろう)するのが楽しみになってくる。

逆に、こんなに良くしてもらって、なんだか申し訳ないな……って思っていたときだった。

「ねえ、愛咲ちゃん」

「なに?」

「こんなお洋服は好みに合うかしら」

紙袋が渡された。

え? って思って開くと、水色と紺色のレトロなワンピースだった。

「え、え。どうして? 誕生日でもないのに」

「愛咲ちゃん、Tシャツ中心のパンツスタイルだから、こういうのも似合うかなって、大丸(だいまる)で見かけたら、つい買っちゃった」

たしかに私はパンツスタイルが多い。というよりそれしかない。こういうのも着てみたいと思いつつ、似合わないと思って試着もしたことがなかった。

つい買っちゃったで百貨店の洋服がプレゼントされるとは……。

「え。着ていい?」

「もちろん」

その場でTシャツを脱ぐと、

「もう、外から見られるかもしれないよ！」

おかあさんは急いでカーテンを閉めた。

ごめんごめん、って着替えておかあさんの前に立つ。

「やっぱり似合ってるわ〜」

って、おかあさんはまたぱちぱちと手を叩く。

そうは言っても、着慣れていないガーリーな格好にそわそわした。

「え〜、本当に似合う？」

「似合うわよ、ほら」

って、おかあさんがカーテンを開けると、窓に映る自分の姿が目に入った。

なんだか育ちの良さそうな女の子がそこにいて、え……私？　とびっくりする。

びっくりしたけど……わるい気はしなかった。

「この服、かわいい……」

そうつぶやくと、うれしくてうれしくて、胸にあたたかいものがあふれた。

「おかあさん、ありがとう」

「いえいえ。よろこんだ顔が見れて、大満足」

へへ、とおかあさんは笑っていた。

「じゃあ、そろそろ、着替えて宿題でもするかな」

「おっ、えらい！　よ！　さすが特待生！」

おかあさんはどこまでも褒めて伸ばすタイプだなって思った。

部屋に戻ってワンピースを脱ぐ。

皺になったら嫌だから、ハンガーに掛けたかった。

クローゼットは未だに使えなくて、ここに来たときに持ってきたトランクケースに洋服は畳んで入れていた。けど、このワンピースを畳んで仕舞うことは憚られた。

クローゼットを見る。

「……さすがにクローゼットだから、ハンガーの一本や二本……入ってるよね」

開けていいかな〜。

どうしよう……。

そんなことを、ワンピースを脱いだ下着姿のまま、部屋の中でぐるぐる回って考えた。

結局はベッドの上でへにゃっとしているワンピースを見て、やっぱり大事にしないとって、私は意を決してクローゼットを開けることにした。

やるなら潔く！

「サヤさん、ごめんなさい！」

目をつむってクローゼットを開けた。

おそるおそる目を開ける……と、

「え……」


声が漏れた。

クローゼットには洋服が掛けてあった。たぶんサヤさんのだ。やっぱり黒やグレーが多くて、色味がある洋服は好みじゃないみたい。

けど、洋服の色味とかはどうでもよかった。

ワンピースとか結構ガーリーだな～って思った。

けど、それもどうでもよかった。

そこには大抵クローゼットには入れないものが入っていたからだ。

「なに……これ」

思ったより奥行きのあったクローゼットには横向きに机と椅子が置かれていて、その机の上にノートパソコンと……なんだろ……録音用だろうか、マイクとヘッドホン、そしてアコースティックギターがあった。そしてそのアコギはなんとなく見覚えがあった。

すっごい秘密基地感が漂う録音スペースを見て、唖然としてしまったのだ。

「どういうこと!?」

そのときだ。

くしゅんっ!

って、くしゃみが出た。

あまりにも驚いてしまって、自分が下着姿だったことを忘れていた。

☀

人間、ちょっと気になりだすと、ずっと気になってしまうのか、昨日はくしゃみで我に返ってがまんできたけど、今日は起きた瞬間から気になっている。

一度開いてしまったからには何度開いても同じかって、朝もクローゼットを開けて中をのぞいた。見間違いの可能性も億が一くらいであるかと思ったけど、そんなことはなく、昨日見たノートパソコンとマイクとヘッドホンがあった。

朝も昼も夕も気になった。

あれはなんなんだろう。

歌う人か、それか、ラジオとか配信とかやっていた人か。

やばい。歌う人だったらどうしよう。超気になる。

「ねえおかあさん」

「なに？」

「サヤさんって……歌が上手だったの？」

こんなことを聞いておかあさんを傷つけないか心配になったけど、どうしても好奇心が勝ってしまった。

おかあさんは無理したようなにんまり顔で、

「私の前ではあまり歌わなかったけど、とても上手だったわよ」

なんで？

って、聞かれたから、つい「なんとなく」って答えていた。

胸がチクッとした。

けど。

だめだ〜、気になる〜。

同じく歌手を夢見る人だったなら、どんな歌声だったのか……気になる。

マタタビをお預けされた猫みたいな気分だった。

ひとり悶々（もんもん）とした。

ここで私はひらめく。頭の上で電球が光るようなアニメーションが出てきそうなレベルでひらめいてしまった。

パソコンって大抵はパスワードがかかってるけど……それがわからないと意味ないじゃん。って。

さすがに私もログインできないパソコンをどうにかしようなんて思わない。

つまりそこまで確認できたらあきらめがつくってものだ。

「よし、サクッとやってしまおう」

そう。思い立ったが吉日なのだ。

私は、「勉強する!」って宣言して、部屋に引っ込んだ。

クローゼットを開いて、ノートパソコンを開いた。

そして、電源ボタンを押して、立ち上がるまで待つ。

「パスワードをいくつか試して、失敗したらやめよう。ほんとごめんなさい……サヤさん」

まるで墓を掘り返すような行為だと思った。

こんなこと、人としてだめなんじゃないかとも思った。

だから、サクッとあきらめられるのであれば、あきらめてしまいたかった。

パソコンが立ち上がって、今日の日付と時間が見えた。

エンターキーを押すと、パスワードの入力欄と、その上にユーザー名が表示されていた。

Ｙｏｒｕ

一瞬、脳がフリーズした。

ワイ、オー、アール、ユー。

アルファベットを読み上げて、頭がぼんやりとした。まるで情報が頭に入らない。

「ワイ、オー、アール、ユー？」
ヨ、ル？
……夜。

ああ、サヤさんって、たしか「沙夜（さや）」って書くから、それで夜か。

「なんだ～、神と同じ名前って不敬だな。あはは……」

そうやって笑ったはいいけど、手が震えるし、手汗でびっちゃびちゃ。

『これはもう下関に在住の女子高生って私は確信を得たんだよ！』

加奈子に「特定班こえ～」って言われた自分の言葉がフラッシュバックした。

「下関在住の女子高生で……Ｙｏｒｕ？　そしてあのアコギ……」

いやいやいや、こんな偶然あるわけない。

そんなことをつぶやきながら、私は震える手で、まずは自分の誕生日を入力してみた。

「ぜろ、に、ぜろ、よん」

えんたー。

ぱっとパソコンの表示が切り替わって、

ようこそ！


って、表示された。

「え、え、えええええええええええええええ！」

ログインできちゃった！

そっか。サヤさんと私、誕生日いっしょだし。

もう混乱が混乱を呼んで、頭の中が大混乱している。

ノートパソコンをケーブルごと引きちぎって、窓の外から投げてしまいたくもなる。

ええええええ！　えええええ！

ちょっと落ち着こう。ちょっと落ち着こう。

「まだそうと決まったわけじゃない」

デスクトップにあったｗａｖファイルをクリックすると、

Ｙｏｒｕの歌声が聞こえた。


どういうことだろうか。

このPCが……Ｙｏｒｕが使っていたものってことなんだろうか。

「え、ちょっと待って。動画サイトからあの手この手でファイル保存しただけかもしれないし」

私と同じただの熱烈なファンなだけかもしれない。

そうだとすると、自分のパソコンのユーザー名に神の名を付けることだっておかしくはないはずだ。

そう思ったときだった。


『あ～、ちょっと待って、録り直し』


そんな言葉が入った。

私が知る限り、こんな音声、どこの動画サイトでも聞いたことがない。

もし、こんな音声が入っているとしたら……オリジナルしか……ないわけで。

「…………」

理解が、追いつかない。

え。サヤさんって……Ｙｏｒｕ？

ふらふらとベッドに倒れて、枕に顔を埋める。

「え。ここは神の部屋？」

サヤさんの匂いがする。つまりＹｏｒｕの匂い？

え。え。え。

つまりここはサヤさんが過ごしていた部屋で、Ｙｏｒｕが啓示を行っていた場所？

ダメだ。理解ができない。

いや、理解はできるんだけど、心が追いつかない。爆弾が頭の中で、バン、バン、バン、バンって爆発しているようだった。

「マジか〜」

あまりの衝撃に昇天しそうになった。

瞬間、ひとつの事実に気づく。

サヤさんがもうこの世にいないってことに。

「あっ……」

深い深いため息が漏れた。体中の息を吐いて、脳が酸欠になりそうなほど深いため息だった。同時にボロボロと涙がこぼれていく。

亡くなっているんだ……。

とてつもない絶望感が私を襲った。

全身の力が抜けて、急に無気力になってしまった。

やる気がぜんぶなくなって、しばらく枕に顔を埋めて、泣いていた。


Ｙｏｒｕを失ってできた穴は、Ｙｏｒｕでしか埋められなかった。

みんなが寝静まったあと、クローゼットにこもって、ひたすらパソコンに入っていた音源を聴きまくった。あちこちにフォルダがあって、けっこうぐちゃぐちゃにファイルが点在していた。整理しながら聴いた。古いものだとＹｏｒｕが中学生になったばかりのころの音源もあって、そのころから歌がうまかったことはわかった。

夜更かしするものだから、当然昼間は眠かった。

加奈子に、「大丈夫？」って学校で言われても、大丈夫大丈夫って、なんとか過ごした。

Ｙｏｒｕは、サヤさんは、どういう想いでこの世を去ったのだろう。

そんなことを考えると、涙が止まらなくなった。

☀

夏休み前、終業式。

学校に行くと、めがねを掛けたムーミンこと藤井先生が腰に手を当てていた。

「進路希望調査票、今日が締め切りだぞ」

……すっかり忘れていた。というか、それどころじゃなかった。

進路が云々という前に、私の基盤が大きく揺らいだというか。

いや～、DNA検査したらママと血が繋がっていないってわかりまして。

そんなことを言っても適当なうそではぐらかされたとか思うんだろうな。

だから、

「いや～、ちょっとママと喧嘩しちゃいまして、進路のことちゃんと話せていないんです」

適当なうそをついた。

藤井先生は、「早くしろよ～」って、深く息を吐き出して、引き下がってくれた。

うその方が真実より通じやすいことって本当にあるんだ。

「藤井ちゃんに絡まれてどうしたん？」

ごそごそとポケットに手をつっこんだ加奈子が飴を取り出しながらやってきた。

いる？　って聞かれたので、なに味？　って聞いた。

はちみつ。じゃあいらない。今、甘ったるい味は気分じゃない。

「いや私、進路希望調査票まだ出してなくて、出せよ～って言われた」

「大学進学って書いて、適当な大学を書けばいいのに。こっちの市立大とか、あっちの市立大とか。先生、九大（きゅうだい）とか書くとよろこぶよ～」

「そうなんだけどさ～」

全然違う気がするんだよね～、って言葉が勝手に出た。

大学に行って何がしたいとか全然ない。だからって行きたくないわけじゃない。

う～んって考えて、結局考えることをやめた。こうやってずるずるしていれば、適当な大学を選びなさいってなって、ここにしようって流れになるんだろう。

帰ろうかって、加奈子と高校を出て、唐戸方面に向かった。

「今日、十字堂に行くから」

「十字堂って楽器店の？　楽器でも買うん？」

「ちがうちがう。十字堂の上でボーカルレッスンがあるの」

ひとつ丘を越えて、市役所前の芝生広場を横切って、ふたりで十字堂へ向かった。

「ああ、ボーカルレッスン始めたんだ」

「そう。おかあさんが通わせてくれた」

「楽しい？」

「うん。いろいろ知れて、自分がレベルアップしてるみたいで、楽しいよ」

あ〜、いつかはＹｏｒｕの歌を、また届けたいな。

そんなことをつぶやいて、

「また、ってどういう意味よ」

って加奈子に笑われた。

そうだ。Ｙｏｒｕの事情を知っている人は私しかいないわけで、しかも私は自分がＹｏｒｕに代わって、Ｙｏｒｕの歌を届けたいと不相応なことまで考えてしまったのだ。

「忘れてください……」

「そんな顔をくしゃってして、どうした？」

加奈子は笑っていた。

ずっと聞きたかったんだけどさ、って加奈子は急に真剣な声を出した。

「なんでＹｏｒｕを好きになったん？」


――あの頃はなんだったのかわからないけど、中学の時の私はずっとイライラしていたと思う。目の奥にずっと涙がたまっているような、口に出せない汚い言葉がずっと胸の奥にあるような、なんだろう、ずっとモヤモヤしていた。毎日家事を手伝うことも納得いかなかったし、ママが働きに出て、夜ひとりにされることもつらかった。そんな私の悩みも知らず、特待生を維持するために勉強しなさいって言われることもしゃくだった。

ＳＮＳを見れば同年代の幸せそうな写真が上がっていて、私だけつらい境遇にいる気がした。

パパはいないし、ママは夜に仕事だし。

こんなの親ガチャじゃん。

周りのみんなは私よりずっと幸せに見えた。

私はその感情が制御できなかった。

ある日、モヤモヤが晴れなくて、家にもいたくなくて、時計はもう深夜を差していて、危ないとわかっていても外に出た日があった。

ふらふら近所を歩くと、コンビニしか開いていなくて、コンビニに行った。

お客さんのいないコンビニで、何をするでもなく立ち読みをした。

それを咎（とが）める人はいなくて、自由な気がしたけど、むなしかった。

そのときだ。

警察官がコンビニに入ってきた。巡回か、トイレを借りに来たか、買い物か、理由はわからないけど、私は一気に冷や汗が出た。

このまま補導とかされたらどうしよう。仕事中のママに迷惑かかるかな。

私は警察官と入れ替わるようにして、走って逃げた。

家まで走ると息が上がった。心臓もバクバクしていた。
なにやっているんだろう、私。
そんなことを考えると、この世から消えてしまいたくなった。
存在を消したくて、ふとんにくるまってなるべくちいさく丸まった。
眠たかったけど、脳が興奮しているのか寝られなかった。
だからずっと動画サイトを見ていた。
ゲーム実況、ＶＴｕｂｅｒ、ＡＳＭＲ。
どんな動画を見ても気が晴れなかった。
そんなときだ。たまたまＹｏｒｕの動画が流れてきた。
まだバズる前、たしか千回も再生数が回っていなかったと思う。
Ｙｏｒｕはアコギ一本で自分が作ったという曲を歌っていた。
その歌を聴いたとき、私の中に電流が走った。

完全な黒なんてないんだって外を見た
闇(やみ)の中に微(かす)かな明かりが見える
夜の静けさ　星空の光
私はきっと朝を待っている

微かな星だって道しるべになる
夜の中聞こえた
あれはあなたの言葉？
夜明けを待ちながら

どんなに暗くても必ず光があると、その子は歌ってくれているような気がした。

私は「愛咲」だから、「朝を待っている」と言われると、どこか求められている気がした。

あの頃はママにも求められている気がしなくて、この世界にひとりなんだと思っていた。だからなのか、すごくその歌に引き込まれた。

青に染まった夜のはし　夜のはしには
静かな海が広がってる
新しい一日を迎えよう
夜が明けたら朝が来る

この曲がＹｏｒｕとの出会いだった。

私はこの日、この曲を何回も聴いた。徹夜になった。

外が白みかけていることに気がついて、窓を開けて空を見た。

東の空が紺色からあたたかいピンクに色づいていて、毎日こうやって新しい朝が来ることを知ることができた。

毎日こうやって朝が来るのなら、私だって新しい私になれるんじゃないか。

朝日を見ながら、泣いていたことを覚えている。

それから私はＹｏｒｕにどっぷりとハマっていった。

新曲が出るたびにコメントを書いた。

ライブ配信も必ず見た。

幸いママは仕事していたから、夜は自由な時間が多かった。

Ｙｏｒｕを見つけた音楽レーベルが、リミックスしてミュージックビデオを作って、動画サイトにアップした。

すごいすごい！　どんどん有名になっていく！

私は自分ごとのようにうれしくなった。

Ｙｏｒｕの歌がカラオケでも歌えるようになった。

次第に私はこんな風に歌いたいって思うようになった。

ママに歌がうまくなるにはどうすればいいかって、自分から聞くようになった。ママとの会話も多くなった。走るようになった。ママに歌を聴いてもらうようになった。ママも私に協力してくれた。次第に、家の手伝いとか勉強とか、苦じゃなくなっていった。

私にはＹｏｒｕがいる。

そう思えるだけで、心が前を向いた。

あの日出会ったＹｏｒｕという歌手のおかげで、私は変われた。


「私はＹｏｒｕに救われたんだよ」

「またそれ？」

加奈子はあきれている様子だった。

そして、

「けど、あれだね」

「なに？」

「ボーカルレッスンも通わせてくれるって、下関のおかあさんもやさしいじゃん」

もう十字堂の前だった。私はこの言葉にはっとした。

やっぱり、血の繋がったおかあさんだからなのかな。

そんなことを、考えてしまったのだ。

☀

七月最終日。

この下関で暮らす最後の日がやってきた。

「え。浴衣(ゆかた)、出してくれるの?」

近所の神社で行われるお祭りに加奈子と行きたいと言うと、おかあさんは浴衣を準備してくれた。

昔、サヤさんが着ていた浴衣らしい。

Ｙｏｒｕが袖(そで)を通した浴衣を私が着る?

恐れ多くて、「いやいい、いいよ~」って断ったけど、「おかあさん、愛咲ちゃんの浴衣姿、見てみたいな」って言われて、断るに断れなくなってしまった。

もしかすると、いっしょに住むことは最後かもしれないから。

そう思うと、今日ばかりは、おかあさんが望むことはなんでも叶(かな)えてあげようって思った。

「おかあさん」

「なに?」

「あのワンピース、ありがとうね」

もう一回、言っておこうと思った。

おかあさんは一瞬止まって、鼻をすすった。後ろにいるから、顔は見えなかった。

おかあさんは帯を締めてくれている。

リビングは薄暗くなっている。階層が高いからなのか、夕暮れのオレンジ色は室内に入ってこなくて、部屋全体が濃い紺色に色づいている。着付けを始めちゃったのに、カーテンも閉め忘れたし、電気も付け忘れている。

静かなマンションのリビングで、「ボー」って汽笛の音が響いた。その汽笛の音が、おかあさんの鼻をすする音をかき消していた。

Ｙｏｒｕが着ていた浴衣を着ると、なんだか自分の歌唱力が上がる気がした。

花火の歌を歌った。

今日は、Ｙｏｒｕが「歌ってみた」で歌っていた、Ｊ－ＰＯＰを歌った。するとおかあさんは、「あ、それなら知ってる」って言った。

「じゃあいっしょに歌おうよ」

「私、歌は苦手なの」

後ろを見ると苦笑いしているおかあさん。

「苦手だから、私は好きじゃなくなっちゃった」

「そっか。残念」

そう言うと、おかあさんはしぶしぶ歌ってくれた。

めちゃめちゃ音が外れていて、歌下手(へた)はおかあさんゆずりかっておかしくなってしまった。

「ね？」

と、おかあさんは聞いてくる。

どう返事するのが正しいのか困ってしまった。

「ねえ、愛咲ちゃん」

「なに？」

「おとうさんと話してたんだけどね」

「うん」

「そんなに歌が好きなら、音楽の大学でも専門学校でも、好きなところに行っていいんだよ」

「え」

おかあさんの言葉に、はっとした。

「私が好きになれなかった分、そんなに好きになれるってすごいと思うの」

そんなことを言われて、そんな可能性があったのかと気づく自分がいた。

自然とお金のかからない大学に入って、将来はママを支えられたらって……それしか考えていなかった。

「けど、音楽系の大学とか専門学校って、めちゃめちゃ学費がかかるじゃん」

「こどもはそんなことを気にしなくていいの」

そう、おかあさんは言ってくれた。

そうか。

そういう道に進みたいのなら、そういう選択肢もあったんだ。

そんなことを言われると……気持ちが揺らぐ。

「私ね」と、おかあさんに言う。

おかあさんはやさしく聞いてくれた。

「まだ学校に進路希望調査票が出せてないんだ」

ママにも言えなかったことを、おかあさんには言えた。

「大学進学って書けばいいんだけど、それが正しいのか全然わからないんだ」

おかあさんは、「そうなの」とやさしい声で答えてくれた。

おかあさんはやさしいいし、普通の高校生らしく甘やかしてくれる。

どことなく私と似ているおかあさんに対して、やっぱりこの人のこどもなのかなと考えてしまう。困ったことに、私はおかあさんも好きになってしまっている。

神社主催の地元のお祭りだった。

毎年、きらびやかな境内(けいだい)と屋台の光を門司港から見ていた。

ちいさなお祭りと思っていたけれど、こっちで参加してみると、すごく盛り上がっていることがわかった。

神社近くの商店街には出店があって、人混みもすごかった。ベビーカステラも売っているし、イカ焼きも売っている。ひっくり返した電球型のピカピカ光る容器に入ったジュースも売っているし、かき氷も売っている。焼き鳥やたこ焼きの匂いもするし、大きな綿菓子を持っている人もいる。あちこちに屋台の電灯が光っていて、いろんな人がいろんな格好をして、ガヤガヤとしている。

「ずっと門司港で見ていて、ちいさいお祭りだな～って思っていたけど、こっちで見ると大きいんだね～」

「お、下関をディスってる？」

眉間(みけん)に皺を寄せてこっちを見てくる加奈子。

加奈子も浴衣だった。

浴衣にポケットがないから、加奈子はポケット代わりに浴衣の袖に手を入れている。水色の生地にあじさいが描かれている浴衣は加奈子によく似合っていた。

「ディスってない、ディスってない。こっちに住まないと気づかなかったな～って」

「一度も来たことがなかったん？」

「船が乗れそうにないくらい混むからね～」

まあね～、と加奈子が言う。

「こっちはこんなに混んでるんだね〜」

「まあ、下関には娯楽があんまりないから」と加奈子。

「加奈子こそディスってるじゃん」

つっこむと加奈子はわっははと大笑いしていた。

「っていうか、愛咲が浴衣姿で来るとは思わなかった」

加奈子が私の姿をまじまじと見た。

「どう？　似合う？」

「愛咲は深い紺色っていうよりピンクかな？」

「私がこどもっぽいってことかな？」

「私、ポテト食べたいから、あれ買ってくるね」

そう、加奈子にごまかされた。

屋台で食べ物を買って、神社の境内に上がった。

神社には大きなフグの銅像があって、さすが下関はフグの街を謳うだけはある。けど、なぜに神社にフグなんだろうと、つっこむ私がいた。

「どう？　こっちの暮らしも楽しかった？」

横で加奈子が聞いてきた。加奈子は門司港の夜景を見ているようだった。

「うん。こっちもこっちで、楽しかったよ」

そうつぶやくと、明日帰るんだって、ふと思った。
ふと思ってしまって、門司港へ帰るのに、さみしくなっている自分に気がついた。
気がついてしまった。

3・ママとおかあさん

一度、ママと大喧嘩したことがあったよね。
私が決めたことをどうせ認めてくれないから、
私は何も言えなかった。
私が黙っているから、ママも怒っちゃって。
あのときは、本気で家を出て行こうかと思いました。
けど、ごめんね。
たぶん私は、ママに認めてほしいだけだったんだと思う。

☀

八月。

今年の猛暑は、いつもの猛暑に比べて猛烈だった。

毎年毎年、最高気温を更新しているとニュースは言っている。

窓を開けて、扇風機をつけて、畳に寝転んだまま冷凍庫でつくった氷を舐めていた。

「あつ～い」

窓の外では蝉が鳴いている。ミンミンジリジリシャンシャンといろんなセミの鳴き声が耳元で鳴っているみたいだ。

下関ではクーラー付け放題だったから、いざクーラー無しで暮らしてみると、体が慣れていないからか、暑さにダメになっている。

一応、私の家もクーラーはある。あるんだけど……壊れてしまっていたのだ。

「ママ～、私が帰ってくるまでに直しておいてよ～」

「電気屋に相談したけど、部品がないって断られたんだよ」

うちわ片手にママがキッチンから出てきた。

「そんなに暑い？」とママ。

「暑いよ～。ママは冷え性だからそんなこと言うんだよ」

「いいから、夕飯食べるよ」

ママはあきれた顔してお味噌汁を持ってきた。

コトってテーブルに置かれたお味噌汁はもくもくと湯気が立っていた。

「さすがにこの暑さで熱々お味噌汁はちょっと……」

「暑いときに熱いものを飲むのがいいのよ」

「氷……入れようかな」

「薄まっておいしくなくなるよ」

　そう、ママはあきれながら笑っていた。

　下関から門司港(もじこう)に帰ってきて、ママは「おかえり」とやさしく微笑(ほほえ)んだ。そして下関へ行く前のうじうじした感じはなくなっていた。さすがに一ヶ月もあれば整理もついたのかもしれない。ただママは一切(いっさい)、下関での暮らしを聞いてこなくて、それが逆に怖かった。

　来週、下関の病院にみんなで集まって、私がどっちで暮らしていきたいか答えを出さないといけないらしい。

　ママには相談できなかった。そういう雰囲気でもなかった。やっぱりこっちで暮らしていくことが当たり前と思っているのだろうか。

「っていうか、座ってないでごはんの準備手伝ってよ。お米炊(た)いたから、パパにもごはんを持って行って」

「あ、ごめん」

　下関ではおかあさんが全部やってくれていたから、自然と料理が出てくるのを待ってしまっていた。まずい。完全に怠け癖(ぐせ)がついている。

　キッチンに行くと、お皿の上にコロッケがあった。

「お～、コロッケだ」

　我が家でよくあるきれいに整った小判(こばん)型の冷凍コロッケだ。

「なに？　そんなにコロッケ好きだっけ」

「あっちでおかあさんが作ってくれたんだ」

ぽろっとそんな言葉を口にして、はっとする。……まずいって冷や汗が出た。

すっごい地雷を踏んでしまったのかと身構えたけど……ママは「ふーん」って私の話を流していた。

ちゃぶ台に配膳して、パパの写真にチーンってして、ようやくごはんを食べようと座る。

「アサは歌わないのね。どうしたの？」

そんなママの声を聞いて、またはっとした。

いつも歌ってないで食べるよ、って言われていたのに。

「ねえ、ママ」

「ん？」

正座しているひざの裏とか、脇とか、手のひらとか、全身が汗ばんでいた。きっとその汗はこの猛暑のせいだけではない気がした。

「やっぱり、自分と血の繋がったこどもと、会いたかった？」

一瞬だけ間が空いて、ママは「そうね」と悲しそうに言った。

「そりゃあ、会いたくなかったっていうとうそになるよ。亡くなる前に、ひと目会いたかったわ」

こんな当たり前の質問をして、私はどうしたいんだろうって思った。

「ね、音楽聴いていい？」

「えー、うるさくしないでよ」

ママは嫌そうな顔をしながらも許してくれた。

そして私はスマホでＹｏｒｕ(ヨル)の動画を再生した。

歌が流れて、ママが、「よくよく聴くと、この人、歌うまいね」って言った。

サヤさんのことは言えなかった。

かわりに「でしょ？」とだけ言った。

胃がひっくり返りそうになったけど、がまんしてごはんを食べた。

ただ、ママがＹｏｒｕの歌を聴いていて、たまらなくうれしくなった。

それこそ……涙が出そうになるくらいに。

「ママってさ、どうやって歌がうまくなったの？」

「ん？」

「いや、学校とか行ったのかなって」

そうだね～ってママは言う。

「ママは楽器を買って独学で歌ってたかな～。いくつかバンド組んだりして」

「え。ママって楽器弾(ひ)けるの？」

「もう弾けないけどね。ギターとキーボードは弾けるようになった。曲作りもしたかったし」

サウナみたいな暑い部屋で、涼しい顔してママは言う。

「すごい。楽器で曲作り……」

「最近はパソコンでそういうのができるんでしょ？　知らないけど」

実際はパソコンだけじゃなくて、ソフトがいろいろいるんだけど、ママはそういうもの全部ひっくるめて「パソコン」と呼んでいる気がする。

そう言えばまたママに進路の相談ができずじまいだった。

☀

進路希望調査票のこともそうだけど、もうひとつママに言っていないことがあった。

ボーカルレッスンのことだ。私はまだボーカルレッスンに通わせてもらっていた。

「じゃあママ、今日は加奈子と夏休みの宿題しに、下関の図書館行くから」

そんなうそをついて、私は家を出た。

朝に眠りについたママは眠たそうな声で、気をつけて〜って手を振っていた。

定期券で船に乗って、関門海峡を渡る。

唐戸の大通りを進んで、私はボーカルレッスンに向かう。

夏だから、歩いているだけで汗が出た。ママにうそをついているからか、それとも日差しのせいだろうか、すごく心臓がバクバクしていた。

「ドレミファソファミレド〜♪」

帰りの船の二階デッキはひとりきりだったから、発声練習しながら帰った。

夏の日は高くて、夕方なのにまだ昼みたいに明るい。相変わらず船は波を切るように進んで、大きな音でしぶきを上げている。ザブンザブンと、船がスキップしたみたいに縦に跳ねている。

私は手すりに掴まりながら、ドレミファソファミレドっておなかの底から声を出した。

船を下りたとき、入れ替わりで乗船しようと並んでいた人と目が合った。

「あ、愛咲ちゃん」

「あ〜、おとうさん」

おとうさんだった。今日はめずらしく残業がないのか、早い帰りだと思った。

「愛咲ちゃんは今帰り?」

って、おとうさん。

「うん。ボーカルレッスンだったから」

それより船が出ちゃうよ、って言った。乗船の列からはみ出して私と話しているおとうさんが乗り遅れちゃいそうだったのだ。

「いいよ、次のに乗るから。それより、おなか減ってない?」

「大丈夫だよ。これから夜ごはんの時間だし」

「ちょうどそこに、門司港プリンってあるんだけど、食べてみない？」

思わず、「プリン⁉」って口走っていて恥ずかしくなった。

「おとうさんも気になってたからさ、いっしょに食べようよ」

家でおとうさんが甘いものを食べているところを見たことがなかった。けど、なんとなく、久しぶりに私に会えてうれしそうな顔をしてくれているおとうさんに、素直に甘えるべきだよなって思った。

おとうさんが言うプリンが売っているお店は、船着き場からすぐの通りに面した路面店だった。

「おとうさんは今日、仕事早いね」

「たまたまだよ。けど、たまたまで愛咲ちゃんに会えたんだから残業しなくてラッキーだった」

「私に会えなくても、残業はしない方がラッキーなんじゃないの？」

そう言うと、おとうさんは笑っていた。

プリンのお店について、おとうさんは「プリンふたつ」と指でVの字を作って注文した。

「おかあさんはいいの？」

「愛咲ちゃんとこっそり食べたってバレるだろ」

「じゃあ四つ買って、おとうさんは初めて食べるふりして二回食べればいいのに」

「愛咲ちゃん……天才だな」

すみません、やっぱり四つで、とおとうさんは指を四本立てた。

まさしくスイーツショップのおねえさんって感じのやさしそうなおねえさんが、「よっつですね〜」とプリンを出してくれた。

瓶詰めされたおしゃれな感じのプリンだった。

「すご〜い、おしゃれ〜」

思わず写真を撮ってしまうくらいには、おしゃれなプリンだった。

おとうさんとお店の前にある小さな腰掛けに座ってふたりで食べた。

通りに面しているから、後ろには車が走っているし、目の前には人通りがある。

「これ、おいしいな」

「ほんとだ、おいしい」

硬めのプリンは濃厚で、底に沈んだカラメルソースはしっかり苦めだった。

見た目のおしゃれさに反して、硬派って感じのしっかりとしたプリンだった。

「愛咲ちゃん、元気にしてる？」

おとうさんは瓶の底のプリンをスプーンで集めている。

「元気だよ。クーラーが壊れてて家は灼熱だけど」

「はは。壊れちゃったの」

「部品が足りなくて、修理に時間がかかるんだって」

「熱中症には気をつけてね」

「それは大丈夫。私、ちゃんと汗っかきだから」

にかっと笑ってみせると、おとうさんは笑っていた。

「今日はボーカルレッスンだから、このくらいの時間に帰るのかなって思ったけど、会えてよかった」

おとうさんはまっすぐお店を見ながら言った。

その言葉を聞いて、なんとなく察してしまった。おとうさんは残業がなかったわけじゃなくて、私に会いに仕事を切り上げてくれたのかなって。

「ありがとうね、プリン」

「いいよ、このくらい」

生まれたときからパパがいなくて想像がつかないけれど、父親がいたらこんな感じなんだろうかと、そういうことを考えずにはいられなかった。

☀

次の日、Ｙｏｒｕの歌を聴きながら走っていた。

夏は夜にならないとさすがに暑い。夜も暑いんだけど、日が照っていない分、涼しく感じる。いや、じめじめしているし、立っているだけで汗が出るんだけど。

走っていると風を感じるから逆に涼しく感じるし、けど体を動かすから体の内側が熱を帯びる。結局、走った方が涼しいのか、走らない方が涼しいのか、私はまだわかっていない。私はこの問題を、夏のランニングパラドックスと呼んでいる。

二十時を超えてひとりで外を走るなんて、下関の家では許してもらえなかった。逆にママは気をつけなさいよ、ぐらいで自由にさせてくれる。

それはいいことなのか、よくないことなのか、私にはわからない。

Ｙｏｒｕといっしょに歌声を合わせる。故人の歌を、歌いながら走った。

ライトアップされた関門海峡の上には夜空が広がっていて、今夜はなんだか星の光が強かった。きらきらと星座が見える。星座の名前は忘れた。

やっぱり夏は暑いから、家に戻るころにはヘトヘトだった。なんだろう。体の燃費がすごくわるくなって、いつもは余裕のある距離なのに体中のエネルギーを使い切っちゃった感じ。

梅海（うめうみ）のおばちゃんがテイクアウトコーナーの窓から私を見つけて、

「あ、アサちゃん、どこ行ってたの～！」

と、大きな声を出していた。

「いや、ちょっと、いつもの、日課の、ランニングを……」

私は息も絶え絶えだった。

「いやそういう意味じゃなくて、最近見かけないから心配してたのよ」

「あはは。ちょっと親戚の家に」

へえぇ～、とおばちゃんは目を丸くしてびっくりしている。

「親戚？」

「最近、急に見つかって」

なにそれ、とおばちゃんは笑っていた。

……まあ、うそじゃない。

下関のおかあさんはむしろ親戚よりも濃く血が繋がっているし。

「まあ元気そうで安心したよ。家出でもしたのかと思った」

「え～、しないよ～」

私は笑いながら家出しても仕方ないって思われているのだろうかと少しさみしくなった。さみしくなって、私の考えすぎかとあまり気にしないことにした。

「じゃあアサちゃんが元気そうだったから、これ」

と、おばちゃんはカップに大サービスの抹茶とバニラのミックスソフトを入れてくれた。

「え。くれるの？」

って、手を伸ばしながら聞くと、

「まあ、ずうずうしくなって」

って、笑われた。

「親戚の家って、遠いの？」

「いや、下関」

おばちゃんは「目と鼻の先じゃない」って、あっははと笑う。

「親戚の家で何やってたの？」

「ん～、歌ったり、パソコンで曲を聴いたり？」

「アサちゃんって歌が好きよね」

おばちゃんに歌のことを話した覚えがなくて、「え？」ってなった。

「私が歌好きって知ってたの？」

だって～、っておばちゃんは目尻に皺を寄せる。

「愛咲ちゃんちからいつも歌が聞こえるじゃない。今日もやってるなってみんな思ってるわよ」

思わぬ言葉に、私の口から「はうぅ～」って声が漏れた。その場にしゃがみこんでしまった。

そっか。そうだよね。ウチんち、防音性能とか皆無だもんね。たまに窓を開けて歌っているし。

おーい、っておばちゃんは窓から顔を出して、しゃがみこんだ私を見る。

「なにぶつぶつ言ってるの」

「え、もしかして、ご近所中みんな知ってるの？」

「そりゃ知ってるよ〜、みんな愛咲ちゃんが歌手になったらCD買おうって話してるわ」

「私が歌手？」

私の実力的にそんなことを言われるとは思っていなくて、きょとんとしてしまった。

「なれるはずないじゃん」

と勝手に言葉が出た。

え〜そんなことないわよ〜っておばちゃんは続ける。

「好きこそものの上手（じょうず）なれって言うじゃない。あんなに毎日毎日歌ってるんだから、きっとできるわよ」

あきらめるのは早い、とおばちゃんは続ける。

「たしかに」

「歌が好きなんでしょ？」

「うん。好き」

「歌姫になったら、おばちゃんに自慢させて」

テイクアウト窓に両腕を乗せて、にんまりと微笑んでくれるおばちゃんを見て、胸があたたかくなった。

「ねえ、おばちゃん」

ん？　と、おばちゃんは眉毛（まゆげ）をあげた。

「大学っていかないといけないと思う？」

そんなことを、おばちゃんに聞いていた。

「そりゃ行かないより行った方がいいと思うよ」

おばちゃんはそう答えた。

それからおばちゃんと話し込んでしまった。

勉強嫌なの？　いやいやそんなことは。

じゃあどうして？　音楽関係もいいなあって。

大学行きながらでもできるじゃん。

そんなことを話しても将来何がやりたいかなんてはっきりしなかった。

ただ、漠然（ばくぜん）と、やっぱり音楽が好きなんだって思うことができた。

だから……。

「ありがとうおばちゃん。ちょっとママのところに行ってくる」

お客さんがいたら邪魔しちゃだめよ〜って、おばちゃんに言われて私は梅海を後にした。

ちょうどお店の前に着くと、カランコロンと扉の鈴が鳴って、お客さんが出たところだった。

ちらっと見えた店内にはママの姿しかない。

私は「よし」ってつぶやいていた。

明日でもいいんだけど、思い立ったが吉日なのだ。

「やっほー」

お店に入るとママは驚いた顔をして「どうしたの？」って聞いてきた。そりゃそうだ。仕事中に私が顔を出すって、中学のとき、家に虫が出て泣きながら助けを求めた一度きりしかない。しかも今日は切羽詰まった様子もなく、やっほーだもん。そりゃどうしたの？　ってなる。

「ママに相談があるんだ」

ママは驚かせないでよ、ってため息を吐いて、「で、どうしたの？」って聞いてきた。

営業中の店内は、光を控えめにしていて薄暗かった。バックミュージックはかけていなくて、ふたりだけだとしんとしている。赤いベルベットの丸椅子に座らせてもらった。

「いや、私……いろいろ考えたんだけど……」

そう切り出すとママは目を見開いて、「まさか」ってすごくびっくりした顔をした。

一瞬、なんの顔？　って思ったけど、その顔を見て気づいた。ママは私がおかあさんのところで暮らしたいって言い出すんじゃないかって焦ったんだと思った。

「あ、違うの。そういう話じゃなくて」

「なんなの、びっくりさせないでよ」

ほっとするママ。お客さんが残していったグラスとお皿を片付け始めた。

そういう話じゃなくてね、と切り出してみた。

「私、アルバイトしたいの」

思い切って切り出してみると、ママは「バイト〜?」と大きな声を出した。

ママの語気が強くなる。

「どうしたの急に」

「やっぱり私、歌が好きなの」

「うん」

「それでもしかすると専門学校とか行きたくなるかもって考えてて……。だから、今からでもお金貯めたいって……思って」

はあ〜、とママは大きなため息を吐いた。

「けどアサの学校、バイト禁止じゃない」

「こっちで働いたらバレないって」

「ダメダメ。ママがなんとかするから、アサは勉強しなさい」

「も〜、またそれ」

「そうよ。アサは頭がいいんだから、大学行きながらでも歌はできるって」

ママとの話は平行線でちょっとムッとしてしまった。

「歌のこと、今からでもやりたいから」

――バイトしたいんだよ。

そう。私は少しでも自分のことは自分でできるようになりたい。自由に選択できるようになりたい。だから、アルバイトを始めてみたい。自分の道を選べるようになりたい。

そういうことが一切ママに伝わっていない気がした。

校則だから。勉強しなさい。

そんな言葉で取り付く島もない。ママは私を見ようともしてくれない。

それがすごくむかついて、もういいよ！　って、叫びそうになったときだった。

カランコロンとお店のドアの鈴が鳴った。

「あ～！　中田さん！」

眉間に皺を寄せていたママが一気に営業スマイルへ変わる。

「入院してたんでしょ～。もう出歩いて大丈夫なの？」

振り向くと、でっぷりとしたおじさんがニコニコしながら入ってきた。

「あけみちゃんが寂しがっとるって思ったら寝とけんわ」

あけみちゃんはママの源氏名だった。なぜ「あけみ」なのかは知らない。たぶんママのことだから意味はないと思う。

「お、まさかあけみちゃんの娘ね」

と、おじさんは私を見た。

「娘がすみません。すぐ帰しますから」

「よかよか。あけみちゃんと娘さんはあんまり似とらんね～」

がっはは～、とおじさんは笑う。似てないってそりゃそうだろうと思った。おじさんはお酒を飲む前から楽しそうだった。

「まあ座ってください」

ママが椅子の前にコースターを置いて、「ボトルどのくらい残っていましたっけ」と棚に並んだ焼酎（しょうちゅう）のボトルを手に取った。ボトルには「ＮＡＫＡＴＡ」と書いてあった。

「あ～、大変！」

と、ママが演技っぽく言った。

「中田さん！　もうボトル、こんなに少ないですよ」

「あっはっは。倒れる前にしこたま飲んだんやろうな。一本入れといてよ」

その言葉にママはありがとうございます、と言う。

っていうより私の会話は終わっていないんだけど。

「私、帰るね」

そうママに言うと、ママは雑に「早く帰りなさい」って言った。

言われなくても帰るわ！　って、ドアに手を掛けたそのときだった。

「中田さん、ごめんなさい」

って、素の声で謝るママの声がした。振り向くとママの顔が青ざめている。

「いつもの焼酎、在庫切らしちゃった。違う麦じゃ嫌よねえ」

「あけみちゃんそりゃ勘弁やわ。俺あれしか飲めんもん」

「そうよねえ……」

ママが困っていて、思わず声を掛けていた。

「じゃあ、私が買ってこようか？　そこの酒屋さんに売ってる？」

ママにはむかついたけど、困っているなら手伝うしかないと思った。

「最近、おつかいでも未成年には売ってくれないのよ」

ママは頬に手を当てて少し考えて、

「アサ、ちょっとだけお店にいてくれる？　三分で戻ってくるから」

中田さんもいいですか？　とママはおじさんに聞く。

おじさんも、「ああ、ごめんなあ」と言った。

そうしてママはお店を飛び出して行った。

「なんかすみません。ママが」

おじさんとふたりきりになって、無音になるのも嫌だったので声をかけた。

どこに立ったらいいかわからなくなって、カウンターの方が安全かなって、私はカウンターの中に入った。なぜかカウンターの中は一段下がっていて、座ったおじさんとちょうど目線の高さがいっしょになった。

「娘さんも、お店を手伝うことあるん？」

おじさんは落ち着いた声を出して、ママが出したナッツを前歯でカリッと砕いて食べていた。

「いいえ、ママはむしろ仕事場に来るなって言ってきます。今日は私がママと話すことがあって」

おじさんは興味なさそうに、ふーんって言っている。目が半分閉じて眠そうにしていた。

「ねえ娘さん」

「は、はい」

「ごめんだけど、飲まんで待っとくっていうのも調子わるいから、ボトルに残っとった焼酎、グラスに入れてくれん？」

「あ～全然いいですよ」

「グラスいっぱいに氷入れてな」

はーい、と後ろにあった背の低いグラスを手に取る。氷どこだろうって探して、みつけた冷凍庫から氷を入れた。

「こんな感じでいいですか？」

「おう、いいやん。このコースターにグラスを置いて、ボトルの焼酎全部入れたらええよ」

わかりました～。そう言って、ボトルからグラスにお酒を注いでいたときだった。

お店のドアが開いて、カランコロンって音が鳴った。

「ママおかえり～」

そう言った瞬間、入ってきた人と目が合って、固まった。「え。なんで」と、思わずちいさく声が出てしまった。

「おとうさん」

「愛咲ちゃん、なにをして……」

そこにはおとうさんが信じられないといった表情で固まっていた。

おとうさんの仕事先は門司港だから、きっと仕事帰りにママのところに寄ったんだと思った。

状況的に勘違いをされているような気がした。

「おとうさん、これは違うの」

「なにが違うんだい」

おとうさんは見るからに絶望していた。

やばい。そう思ったときだった。

「アサ、ありがとう。助かったわ」

ママが帰ってきた。

ママの声に振り向いたおとうさん。ママはおとうさんと顔を合わせて、血の気が引いていた。

「これはどういうことですか」

「違うんです」

「なにが違うんですか！　高校生に夜の店を手伝わせて、あなた何を考えているんですか！」

おとうさんは激昂した。おとうさんの大声にカウンターに座るおじさんは顔をしかめた。

「だからおとうさん違うんだって！」

「愛咲ちゃんは黙っていなさい」とおとうさん。

「まあまあ、そんな大声上げんと」

おじさんがなだめようとしても、「あなたも口を挟まないでいただきたい」って、まるで収拾がつかなくなっていた。

「僕が来たとき、愛咲ちゃんはお客さんに酒を注いでいました。十六歳に酌をさせるって常識的に考えてありえないでしょう」

ママはおとうさんをなだめようと「ちょっと話を聞いてください」と言うけど無駄だった。

悲しそうにおとうさんが言った。

「もうちょっと、愛咲ちゃんのことを考えてくれる人だと思ってた」

その言葉にママはカチンときたのか、

「私だって考えていますよ！」

と、大きな声を出した。

おとうさんはその大声に取り合わず、「そうですか」と淡泊に反応した。

「こうやって家のことを手伝わせることも大事なことですけど、愛咲ちゃんはまだこどもなんですよ。下関の家じゃ、音大とか専門学校に行きたいって、まっすぐにがんばっていますよ。そういうこどもらしい夢を応援するのが、親の責任じゃないですか。一応、私たちのこどもでもあるんですよ」

そう、おとうさんは続けた。

ママは、「え」と驚いて、

「アサ、そうなの？」

って、こっちに聞いてきた。

私がなんて説明しようかと窮していると、おとうさんが言った。

「愛咲ちゃんは、将来音楽の道に進みたいって話してくれました」

また、ママが「そうなの？」って聞いてきた。

「う、うん」

ずっとママに言えなかったことがこんな形で伝わることになって、私は気まずさでいっぱいだった。うなずくことが精一杯だった。

「なんで……言ってくれないの」

ママは泣きそうな顔をしながらも無理やり笑っているようだった。

そんなママに、私はつい言ってしまった。

「ママが……大変だと思って」

一度口に出した言葉は戻らない。

その言葉は、ママを十分に傷つけたんだと、言った瞬間わかった。

目を見開いて、すぐ目を伏せて、横一文字に結んだ口を震わせていた。

そんなママに、おとうさんは追い打ちを掛けるようなことを言った。

「愛咲ちゃんにそういう夢があるって知って、下関のボーカルレッスンに通わせています。そういうことが、こどもを応援するってことなんじゃないですか」

そう、おとうさんは涙目になりながら続けた。

ちょっと、おとうさん！　って、口から出そうになった。

けど、おとうさんは止められなかった。

ボーカルレッスンのことを黙っていたことがバレて、怒られるかと思った。

いつか言おう言おうと思っても、向こうの家族に甘えちゃダメよってレッスンをやめさせられるんじゃないかって不安だった。だからって、言わなくていいことじゃないってこともわかっていた。けど、どうしても言い出せなかった。

怒られると思ったけど、ママは唖然（あぜん）として、固まっていた。

「アサ……」

ママが口を開いた。

ママは全身から力が抜けたような顔をして、私を見た。

「あっちの暮らしは楽しい？」

急に、そんなことを聞かれた。

楽しい？　って聞かれてもどう答えていいのかわからなかった。ママとの生活とは百八十度違ったのはたしかだった。

言葉に詰まっていると、ママは私を見て微笑んだ。

そして、少し間が空いた。その後、ママはゆっくりと口を開いた。

「ママね、もう自信がなくなっちゃった」

そう、悲しそうに笑っていた。

その笑顔が、胸にズキッときた。

「なんで、そんなこと言うの」

もう理解ができなかった。なんでそんなことを言うのか。

「急にそんなこと……言わないでよ」

悲しくて、胸が痛くて、泣きそうになった。

けど、ママの方がつらそうにしているように見えた。

「だって、ママに黙っていろいろしてもらってたんでしょ。きっとママにはできないことだもん」

ママはそう言って、守るように自分の体を両手で抱きしめていた。そんな言葉を聞くと、私も言い返せなくなる。

「ごめん、アサ。今日は下関に行って」

お願いできますか、とママはおとうさんに言う。

わかりました、とおとうさんは私の手を取って店を出た。

タクシーに乗って、そのまま門司港を後にした。

なんでママはあんなこと言ったんだろう。

おとうさんはタクシーの中で、「ごめんな愛咲ちゃん」って言って、「本当は、愛咲ちゃんが下関でどんな様子だったか、西依(にしより)さんに話しておこうと思っただけなんだ」って続けた。

なんでこんな感じになっちゃったんだろう。

そう考えるとわけわかんなくなって、タクシーの窓から見える景色が、にじんできた。

☀

加奈子がコーヒーカップをふうふうしながら言った。

「それで下関に戻ったと」

さっきまで灼熱の中を歩いてきたというのに、加奈子はホットコーヒーを飲んでいる。加奈子いわく、コーヒーはホットに限るらしい。いくら冷房が効いているとはいえ、ホットはないだろと、私はキンキンに冷えたアイスコーヒーを飲んだ。おいしい。

真剣な表情をした加奈子はカップを置いた。

「アサはそれでいいの？」

なんて答えていいのかわからなくなって、きょろきょろしてしまった。

ここは加奈子おすすめの隠れ家的喫茶店だった。細江の警察署近くの雑居ビルの一階の、ドーナッツの看板が掛かった喫茶店。昔の学校の教室のような部屋には、濃い茶色の木の床に、同じ色の木のテーブルが並んでいた。高い天井からかさのついた裸電球がぶら下がっていて、オレンジ色に灯っている。大きな窓がひとつあって、薄暗い店内に光が入っていた。お客さんは私たちしかいない。ちいさな音楽が流れているけど、曲の切れ目か、しんとした。

なんだかしんとすると落ち着かなくて、無理に口を開いた。

「わかんない」

テーブルの上にはコーヒーマグカップふたつと、ふたつのドーナッツがある。ザラメがかかったそのドーナッツはおいしそう。おいしそうだけど、この話が終わらないと食べられる雰囲気でもない。

「わかんないって、どうしたいとかないの？」

「えー。わかんないよ」

「まあ……それもそうだよね」

一瞬、加奈子は怒ったような顔をしたけれど、ふうと息を吐くと、風船がしぼむみたいにだんだんとあきらめたような顔をした。

「ママとは連絡つかないし。もうお手上げ」

「そうなんだ」

加奈子の目線はドーナッツにいっている。これ以上聞いてもなあって顔だった。けど私も私で話し始めた手前、聞いてほしい気持ちもあった。

「連絡はした?」

「ママとでしょ? 一回だけしたよ」

こっちに来た翌日、おとうさんおかあさんの目を盗んでママに電話した。

するとママはすぐ出てくれたけど……、

『アサ、元気?』

ママの声は明るいものだった。

『元気だよ。ママは?』

『元気にしてるよ』

そんなやりとりから少し間が空いた。そしてママは口を開いた。

『アサさ』

ママは電話の向こうで言葉を詰まらせているように感じた。

『ママよく考えたんだけど、やっぱりアサのためにはそっちで暮らすのが一番いいと思うの。将来音楽の道に進みたいなら、そっちの方がずっといいし、ボーカルレッスンもすぐに行けるし』

『えっ？』

『アサが決めていいんだよ。ママはいつでも応援してるから』

『え、ちょっと待ってよ！』

『アサも、しっかりと考えてみて』

私の言葉も聞かずママは、

『いってらっしゃい』

って、まるで私を送り出すようなことを言った。

「そんなことを言われて、電話切られちゃったんだよね。なんでママはそんなことを言うのかな」

「それから電話かけたん？」

「それが電話出ないんだよ。今までもそうだったけど、ママって本当に一方的」

ちょっと私も怒っている。なんでママは帰ってきなさいって言ってくれないのか。

「資格がないって思っているんじゃない？」

加奈子がそんなことを言った。

「資格？」

「わかんないけどね」

コーヒーをひとくち飲む加奈子。

なんだろう、資格って。わかるようなわからないような。

考えていると、加奈子が言った。

「それにすっごい悲しいんだと思うよ」

「ママが？」

こくりと加奈子がうなずく。

「アサと話したら泣いちゃうぐらいに」

「ないない。ママが泣いているところとか、生まれてこの方、見たことないもん」

「じゃあこれから下関の方で暮らす？」と加奈子。

「そうだよねえ……」

「私はウェルカムだよ」

　加奈子は両手でリスのようにドーナッツを食べている。小動物のようにドーナッツを食べているけど、まるで私の瞳(ひとみ)の中までのぞき込んでいるような目で、私を見ていた。

「わからないよ……私だって」

　喫茶店のテーブルに頬をつけた。ひんやりして気持ちよかったけど、頬をつけた瞬間、お店のテーブルに私の脂(あぶら)をつけてしまったことが申し訳なくなって、すぐお手拭(てふ)きでテーブルを拭いた。

「ママにもあんな態度取られるし、いっそのこと下関で暮らしてやろうかって」

　本心から思っているわけではない。

　やっぱり住み慣れた門司港が好きだ。

「でも、おかあさんのことも……好きだしね」

　そっか……、と加奈子はドーナッツを置いて、コーヒーをすすった。

「あっ！」

　って、加奈子。

「どうした？」

「ドーナッツとコーヒー、すごく合う」

　目をきらきらさせる加奈子に、でしょうね、とつっこんだ。

　私もドーナッツを食べる。

ふわふわのドーナッツはもちもちで、口の中でザラメがシャリシャリと鳴った。シナモンの香りがふっとして、上品な甘さだった。「あ、おいしい」ってつぶやいていた。

「でしょ〜」

と、ご満悦な加奈子。

「うん」

おいしかったけど、「いってらっしゃい」ってママの言葉が脳裏から消えなかった。

☀

あの夜、おかあさんは冷静だった。

おとうさんが美由紀さんを責めたんじゃないですか。

相手の言い分もちゃんと聞きなさいよ。

愛咲ちゃん、無理しなくていいからね。

私側にちゃんと立ってくれていることは十分に伝わった。

『ごめん。ちょっと収拾がつきそうにないから、少しの間、泊めてもらっていい？』

私がそんなことを言うと、おかあさんは、この家も愛咲ちゃんの家よ、って悲しそうに微笑んでいた。

「どうしたらいいんだろ」

ベッドに横になって、Ｙｏｒｕの歌を聴いていた。サヤさんのノートパソコンを使えば生音源はあるけれど、やっぱり勝手にパソコンを触ると嫌かなって、スマホから動画サイトで再生している。

『ママ、もう自信がなくなっちゃった』

ママの言葉がよみがえった。私がいろいろ言い出せなくて、結果的に私がママを傷つけてしまったのだろうか。

「もう、わからない」

つぶやくと同時、いろいろ考えることをやめたくなる。

とりあえず、おかあさんは私が来てうれしそうに見えた。

「私がこっちで暮らす方が、みんな幸せになるのかな」

そう思って目をつむる。

そして、Ｙｏｒｕと歌声を合わせた。

もうどうしようもなく、自分がどうすべきなのか、何が正解なのか、わからなくなる。もうなにもかも面倒になって、目をつむってやり過ごしたくなる。そんなときでも、〝推し〟は私にパワーをくれる。それは、生きていても、死んでいても、変わらない。きっと私の中で生き続けて、声を聞くたびに力になってくれるのだ。Ｙｏｒｕ……ありがとう。

そのときだった。

ドアがノックされて、「愛咲ちゃん？」っておかあさんのなにやら焦った声がした。イヤホンしてても聞こえるから、けっこうな大声って気がついた。

「なに？」

イヤホンを引き抜いて体を起こすと、おかあさんが部屋に入ってきた。

「ど、どうしたの？」

「ん～」って、おかあさんは何か考えている様子で、「だっこしてあげようか？」っていきなり言い出した。おかあさんは両手を広げて、おいでってしてくれている。

「え。なんで」

「いや、愛咲ちゃんもいろいろあったから、落ち着くかなって」

「え～、いいよ～」

「すっごい大きな声で歌ってたから、いろいろ思うことがあるのかなって」

「え。そんなに声が漏れてた？」

「うん。ばっちり聞こえてたわよ」

ぐっと親指を立てるおかあさんに、恥ずかしくなって顔が熱くなった。「くぅ～」って顔を覆（おお）っていると、

「ね、愛咲ちゃん」

「なに？」

「なんでも言ってね」

って、おかあさんがやさしい声で言ってくれた。

「じゃあ聞くけど、なんでおかあさんって、そんなにやさしくしてくれるの？」

するとおかあさんはちょっとだけ言いづらそうにして、「そうね～」って答えてくれた。

「たぶん、沙夜（さや）といっつも喧嘩してたからかな」

「え。喧嘩してたの？」

「私がガミガミ言い過ぎちゃっただけかもね。あの子が亡くなって、もっとちゃんと聞いてあげればよかったな、って思うからなんでしょうね」

おかあさんは視線を落として、つらそうにしていた。

「ごめん」

つい口がすべってしまった。ごめんって言われる方がこの場合はきつい気がした。

「いいのよ。それより、だっこは？」

またおかあさんが手を広げる。

恥ずかしくて、べつにいいよ～なんて断ってしまった。

☀

ボーカルレッスンから帰ると、玄関からふっと線香の匂いがした。

リビングに行くと、おかあさんが仏壇に手を合わせていたのだ。

「え、仏壇」

目をつむってしっかりと手を合わせていたおかあさんは、私に気づいて「おかえり」って言った。

私が開いている仏壇に驚いていることを察してくれたのか、

「四十九日がお盆に近くてお寺さんも忙しいって言うから、愛咲ちゃんが戻っているときに納骨とか済ませたんだけどね。今日が四十九日だから、お線香をあげようかって」

「私も手を合わせていい？」

そう言うと、おかあさんは目を大きくして、そしてにっこりと笑ってくれた。

「もちろん」

心の準備ができていなかった。

サヤさん……Ｙｏｒｕの遺影が仏壇の中に……。

亡くなった人に対してこんな打算はバチが当たらないかと申し訳なくなったけど、私は期待していた。これでようやくサヤさんの写真が見られる。

ずっと気になっていた。

サヤさんってどんな人だったのか。

そりゃそうだよ。だって推しだし、私にとって神だから。

おかあさんが座布団をゆずってくれて、

「こっちにおいで」

って言ってくれる。

私はごくりと生唾を飲んで、仏壇に向かった。

そして、仏壇の正面に座って、「え……」って声が出た。

「どうしたの？」

「いや、ごめん。お線香とか、どこかな」

「ここにあるわよ」

思わず声が出て少し焦る。お線香に火をつけて、チーンってして手を合わせた。

動揺してしまって、なにも祈ることはできなかった。

だって。

だって。

仏壇に写真はなかったのだから。

「おかあさん」

「なに?」

「い、いや……」

もうここまできたら、聞いてみるしかなかった。

「サヤさんの……遺影とかって、仏壇に飾ってるんじゃないの?」

するとおかあさんは察してくれたのか、「ああ~」って半笑いになった。

「気になるのね」

「……うん」

「仏壇に写真は飾らないの」

「え。そうなの?」

「宗派によるかもしれないけど、私はお坊さんにそう言われたから」

それに、っておかあさんはさみしそうに続けた。

「あの子、写真が嫌いだったから」

立ち上がって、おかあさんたちの寝室に消えていった。そして、一冊のアルバムを持ってきた。そしてソファーに座って、そのアルバムをめくる。私は仏壇の前で正座をしていた。

きっと写真を選んで見せてくれるんだって思った。

アルバムをのぞき込みたかったけど、おかあさんがにっこりしているところを見て、横から入るのは無粋(ぶすい)だと思った。

「中学のときぐらいから写真を撮るなって怒ったのよ。ほんと喧嘩ばっかりだったわ」

遠くやさしい目をしてアルバムを見つめるおかあさん。

「おかあさんと喧嘩って、やっぱり全然想像できない」

こんなやさしいおかあさんと何を喧嘩することがあるのか。

「中学のときなんか全然勉強しなくてね。骨が折れたわ。ちっちゃいときはママ、ママってかわいかったのに」

「けど、西校に行ったんでしょ？」

「中学二年生のときに急に東京に出たいって言い出してね。それなら東京の大学に行きなさいって言ったら猛勉強始めたの」

「へ～、すごいじゃん」

「そのときはそのときで、修学旅行に行かずに勉強するとか言い出して、それはそれで参ったわ……いちいちゼロか百なのよ」

何かを極めようとする人は極端なんだろうか。さすがＹｏｒｕだって思ってしまった。

こんな、みんなが知らないＹｏｒｕのことが聞けて、うれしくなる一方で、おかあさんの物悲しい表情に胸が締め付けられた。

「あったあった。あの子、本当に写真が苦手でね、これが高校に入るとき、正門で撮った写真なの」

おかあさんはアルバムからペリペリって一枚の写真を剝がして私に見せてくれた。

「ありがとう」

なるべく視界に入らないように受け取って、ふうと息を吐き出す。

よし。見るぞ。

よし。見るぞ。

よし。本当に見るぞ。

心臓がばくばくだった。

イメージと違ったらどうしよう。

逆に、イメージを超えるまさに〝神〟って感じだったらどうしよう。

期待と不安が入り交じって、過度に期待しないように自制する気持ちが勝っていた。

そんな私を、おかあさんは不思議そうに見ていた。

よし。

意を決して写真を見た。

おかあさんと女の子が「入学式」と書かれた白い看板の横に並んでいた。

どくんと心臓が跳ねた。

背は私ぐらいで、目元が髪で隠れている。どちらかというとクラスの隅にいそうなタイプの女の子だった。そして、ママにそっくりだった。鼻が高くて、小顔で、なで肩で、足も細くて華奢だった。そして、不機嫌なときのママみたいな顔でむすーってしていた。

なんだかママみたいで、思わず笑ってしまった。

「美由紀さんにそっくりよね」

私が思っていることを見抜いたようにママは言った。

「私ね、美由紀さんを見たとき思ったの。ああ、あの子って、美由紀さんのこどもだったのかなあって」

そんな言葉を口にするおかあさんは、とてもさみしそうだった。

もしかすると、あの日、おかあさんがあんなに泣いていたのって、サヤさんとママがあまりにも似ていたからかもしれない。

私も、これを見てしまってからは、サヤさんがママのこどもだと思うしかなかった。

本音を言うと、ショックだった。

勝手な話だけど、こんなに似ているとは思わなかった。

こんなに似ていてほしくはなかった。

ああ。どうしよう。

心の奥が……やけどしているみたいに、じわじわと、痛い。

サヤさんがママの子で、じゃあ私は、やっぱりおかあさんのこどもなのかな。

「ねえ、おかあさん」

「なに？」

「私ね。私ってやっぱり、おかあさんの子だと思ったんだよね」

そう言って、「ダメかな？」って聞いてみた。

するとおかあさんはソファーから立ち上がって、私に抱きついてきた。

「んーん。ダメじゃない」

そう言ってもらえて、すごくうれしい。

って、おかあさんは言ってくれた。

ぎゅっとされて、なんだろう、久しぶりにだれかに抱きしめてもらえた気がした。

☀

明日は関門海峡花火大会がある。

まさか下関から見ることになるなんてなあって、ベランダから関門海峡を眺めていた。

耳にはＹｏｒｕの歌。目の前には青い海と門司港の街。風が強かった。ここからばっちり花火が見えるなあなんて考えながら、関門フェリーが門司港に向けて速い潮の流れを突き進んでいるところを眺めていた。

さっきから、Ｙｏｒｕの歌がサヤさんの歌に聞こえてくる。

全然醒めるとかそういう感じじゃないんだけど、急に親近感が湧いてしまうというか、今まで感じていた神格化された歌声ではなく、佐々木沙夜としての歌声を聴いている気分になる。よくないな。

そう思いながら、サヤさんのことを考えていた。

手すりに腕を組んで、頬を乗せる。じりじりと日差しが肌を焼いた。

今度は関門フェリーが下関へ引き返してきた。夏休みということもあって、さっきから船の上にたくさん観光客が乗っている。行ったり来たりして、船がふたつの街を結んでいる。

「お～い」

おとうさんがリビングから呼んできた。おとうさんも夏休みらしく家にいた。

「どうしたの？」

ベランダからおとうさんに呼びかけると、

「この前のキャンプ写真を現像したから、ここに置いておくよ～」

「ありがとう、あとで見る～」

おとうさんはそう言ってリビングのテーブルに写真を置いた。

すると、おかあさんの声がして、

「おとうさ～ん、買い物行きましょう～」

「はいは～い」

と、ふたりで買い物に出かけていった。明日の花火大会はベランダでバーベキューをするとかで、大きなスーパーがあるゆめモールにいいお肉がないか探しにいくそうだ。

あのふたりって仲がいいな～って思いながらふたりを見送ると、関門海峡から強い潮風が吹いた。同時、おとうさんが置いていった写真たちが風に飛ばされ部屋の中に散乱した。

「あ～あ」

急に明るいベランダから暗いリビングに入ると、視界が一時的にぼやけるような感覚がした。

一時的に目が見えにくくなりながらも数枚の写真を拾う。

「あ、おかあさんとのツーショットだ」

写真を見ると、

『ふたりって、同じ笑い方をするんだな』

って、おとうさんの言葉がよみがえった。

写真には、ずんぐりとした親子がほんわかと笑っているように見えた。

「私とおかあさんって、たしかに似てるなあ……」

他の写真も、どれもおかあさんと私の写真だった。

こうやって写真で見ると、私にはおかあさんの面影（おもかげ）があった。

なんだろう、胸の中が、うれしいようなさみしいような、そんな思いが混在している。

またびゅんと風が吹いた。

「写真が飛ばされないように、どこかに入れようかな」

リビングの戸棚にはアルバムが何冊もあって、どれかが空のアルバムだったりしないかなあと思った。もし空のアルバムだったら、私用に一冊作ってもいい。これからでも、作り始めてもいいんじゃないかって、思った。

背表紙に何も書いていないから、空のアルバムを開いて探すしかない。さすがに全部写真でびっしりってこともないはずだ。

適当に一冊手に取って開くと、サヤさんがちいさいころのアルバムのようだった。

「あ」

って声を出した瞬間、すぐ閉じていた。

なんだか、見ちゃいけないものを見た気もする。

おかあさんにはいつでも見てもいいとは言われていた。

けど、なんとなく気が引けていた。

ただ、サヤさんってどんな人だったんだろう、ってずっと気になってはいた。

チラッと見えてしまったから、もう見ずにはいられなくなっている。

アルバムを手にして、ソファーに座る。

ゆっくりと開いていった。

そこにはどこにでもあるような家族の写真が収められていた。

赤ちゃんの写真から、おとうさんに肩車されている写真。
幼稚園に入ったときの写真。
遠足でピースしている写真。
ソフトクリームで口元をべたべたにしている写真。
おかあさんの足元で固まっている写真。
ピアノ発表会の集合写真。
幼稚園の音楽会で歌っている写真。
キャンプでマシュマロを焼いている写真。
ランドセルを背負ってうれしそうな写真。
小学校の入学式で緊張している写真。
七五三の着物姿の写真。
初詣っぽい朝焼けの中で手を合わす写真。
運動会でお弁当を食べている写真。
徒競走で先頭を走っている写真。
海水浴に行ったときの写真。
どこか旅行に出かけている写真。
動物園での写真。

水族館での写真。
またキャンプの写真。
中学校の正門でちょっと緊張している写真。
たくさんの写真が入っていた。
写真を見るたび、サヤさんが愛されていたことがわかった。
サヤさんが楽しそうで、なんだろう、ちょっと泣けてくる。
私も、ママとの思い出が脳裏に浮かんでいた。
七五三、運動会、そしてふたりで行った旅行。
私もこんなことしたなあ、とか。
私もママにこんなことしてもらったなあ、とか。
サヤさんの写真を見て、たまらなくなってしまった。
なんだろう。急に、ママに会いたくなった。
「元気かな」
ひと目だけでも会いたいって、いてもたってもいられなくなってしまった。

☀

おかあさんたちが買い物から帰ってくる前に家から出ていた。

そして、気づけば船に乗っていた。

夏休み真っ盛りの観光客だらけの船。

観光客はだいたい船のデッキの上にあがる。船の上は満杯で、私は船の中に座ることにした。

私は船の座席から海を見ている。

船は沈んでいるから、窓はちょうど海面すぐの高さになっている。

ざぶんざぶんと波を切っていくしぶきが窓に当たって水滴をつけていく。

海面近くの位置に座っていると、船はすごい速度で進んでいることがわかる。

船は私を乗せて、元いた街へ連れて行く。

関門海峡の水面を真横から見ながら、早く着かないかなあって、ドキドキしていた。

船を下りて家へ向かった。

夏も真っ盛りのアスファルトの上は、少し歩くだけで汗が噴き出る。ミンミンミンと蝉がうるさい。大通りを走る車も、なんだか夏にバテているようにゆっくり走っているような気もしてくる。

汗だくになりながらアパートへ行くと、ふと気づいてしまった。

下関の家にアパートの鍵を忘れていた。

ドアノブを引くと、やっぱりドアは閉まっていた。ピンポンを押しても反応がない。

に見えた。

鉄格子の隙間からいつも空いているキッチンの窓をずらして中を見ると、だれもいないよう
「仕方ないな～」

アパートの階段下にある大きなアロエのところに行って、植木鉢を持ち上げた。植木鉢の下に鍵はなかった。あれ、ここじゃなかったっけ、とつぶやいて、アロエの根元に鍵を埋めていたことを思い出した。

手を土だらけにしながら掘り返して、ようやく家の中に入れた。

家に入ると、だれもいなかった。

家の中はいつもの家だった。洗い物がたまっているとか、洗濯物がひっかけっぱなしになっているとか全然なくて、いつもどおりの家だった。

私のベッドのふとんがいつもよりきちんと畳まれていて、胸がズキンとした。

ママ、どこにいるんだろう。

家から出て、近所を捜す。

捜したけどいなかった。

すぐ会えると思っていたのに見当たらなくて、なんだろう、焦っている自分がいた。

まるで迷子になったときの不安感だった。

「お店かな」

お店に行くと、ドアが開いていた。

開いているドアを見て、あ、って思った。

あ～ここにいたんだって一気に安心した。

けど。

真っ暗な店内から見知らぬヘルメットをかぶった作業着の人たちが出てきて、心臓が止まりそうになった。

「あの～」

声を掛けると、「は、はい」とヘルメットをかぶったおじさんは立ち止まってくれた。

「ママ、います？」

「ああ。西依(にしより)さんのご家族ですか？」

「あ。はい。娘です」

「ママって言うから、従業員の人かと思いましたよ。従業員にしては若いな～って驚きました」

と、私を訝(いぶか)しんで見ていたおじさんが安心したような表情になる。

すみません、ってちいさく謝って、「で、ママいますか？」って聞いた。

「ああ、今日は現状確認だけなので付き添ってもらっていないんです」

どこか行くって言ってましたよ～、っておじさんは言った。

つまり、いないということか。

「現状確認って？　ママなにかしたんですか？」

「あれ。聞いていないですか？」

おじさんは驚いたような顔をした。なにか嫌な予感がした。

「ママ、お店のことはあんまり話してくれなくて」

頭を掻きながら聞くと、おじさんは教えてくれた。

その言葉は予想だにしない言葉だった。

「もうお店は辞めて、博多の方で働くって聞きましたけどね」

頭をがつんと殴られたような気持ちになった。

うそ……でしょ？

って、思った。

私に黙って？

私を置いて？

「お知り合いのお店に伝手があるとかで。だから退去の見積もりをやっているんですよ」

居抜きで使えそうだから、これなら全然大丈夫だと思いますけどね～。

そんなことをおじさんは言っているけど、全然意味はわからなかった。

おじさんが言っていることが信じられなくて、

「ほ」

本当ですか、って聞こうとしたときだった。

おじさんは部下らしき人に、「あー、そこはもうやったから。こっち！」と指示を飛ばした。

おじさんは何か言いかけた私に向いて、「ん？」と言った。

「いえ。なんでもないです。お仕事中、すみませんでした」

もう店からなるべく離れたかった。

行く当てがないのに、足早にその場から離れた。

ええ～。博多って……どういうこと？　って、思った。

けどすぐ、そりゃそうかとも思った。

私っていう負担がいなかったら、ママはひとりで都会にでも行けるんだ。

その方が楽に暮らしていける気がする。だから、ママは間違っていない。

勝手に、ママは門司港で暮らしてくれると思っていた。

いつでも会える距離にいてくれると思っていた。

なんだろう。裏切られた気もするし、当たり前のような気もする。

この気持ちを整理しようとすると、なんだろう、昔みたいに目の奥に涙がたまっていくような気がした。口には出せない汚い言葉を叫びたくなって、胸の奥に仕舞うことしかできない。

くそ！　とか、なんで！　とか、叫んでしまいたい。

だから私は両耳をイヤホンで塞（ふさ）いだ。
Ｙｏｒｕの歌を聴く。
とぼとぼ歩いた。
どこに向かって歩いているのかわからなかった。たぶん海の方に進んでいる。
気づけば空はあかね色に染まっていた。
視界はどんどんにじんでいく。
けど、Ｙｏｒｕの歌を聴いているから、大丈夫だった。
しゅんと鼻をすすると、濃い海の匂いがした。
気づけば船着き場に着いていた。
船着き場から下関が見える。
夕日に染まる対岸の街を見て、もうあっちにしか居場所はないんだって、思った。

4・海の底を走る

うじうじしちゃうところとか、おおざっぱなところとか。
歌が好きなところとか、苦手なところとか。
歌の趣味だとか、洋服の趣味だとか。
大事にしているものとか、大事にしていないものだとか。
似ているところ似てないところがあるけれど、
やっぱり私は、ママのこどもなんだって思うんだ。

☀

【花火の出店、見てまわる？】って加奈子からメッセージが来て、【う〜ん。出店はこの前見てまわったからいいや〜。花火なら家から見えるし】って返信した。このあとの、【このセレブめ】って、メッセージに返信できていないくらいには参っている。

私を置いてどこかに消えようとしているママに、怒りと、言い表せないやるせなさみたいなものがあった。

「愛咲ちゃ〜ん。昼ごはん食べる〜？」

「いらな〜い」

「どうして？」

「夏バテ〜」

って、部屋から顔も出さずに横着する私を咎める人もいない。

私はパジャマのまま、壁にもたれてベッドに座って、片耳だけＹｏｒｕの歌を聴いていた。

「おかあさん、道が混む前におとうさんと買い物に行ってくるわね」

結局おかあさんは部屋をのぞき込んで声をかけてくれた。

おかあさんの後ろから、「今日はベランダでバーベキューするよ」ってはりきったおとうさんの声がする。

「わかった〜」

「冷蔵庫にプリンがあるから。何か食べなさいよ」

う〜ん、って手を振った。

パジャマのまま、ベランダに出る。

窓を開けた瞬間、突風が吹いて、髪の毛が全部後ろになびいた。

門司港では今ごろ、出店とかがいっぱい準備し始めていて、街がカラフルに色づいているころかな。

「下関側はどこに出店が出るんだろう」

海響館（かいきょうかん）の周りとか、赤間神宮（あかまじんぐう）の周りとかだろうか。

ふたつの街は祭りに色めきはじめていた。

私は毎年楽しみにしていた花火大会を今年はどうしても楽しめる気分ではなかった。

このままこのベランダで花火を見ることを想像する。

バーベキューコンロを囲んで、おとうさんはお酒を飲んで、おかあさんと花火がすごいって言って。

きっと楽しいんだと思う。

ふと、ママの言葉がよみがえった。


『夏には全部このごたごたが終わって、ふたりで関門（かんもん）花火でも見れたらいいね』


毎年ふたりで見ていた花火を、今年は見られないんだ。

そう思うと凹（へこ）む。

今年というより、もうこの先ずっとふたりで見ることがないんだと思うと、胸にぽっかりと穴が空いたような気分になった。

バタンと何かが倒れる音がした。

おとうさんが出したキャンプ用の椅子（いす）が風で倒れていた。

その椅子を起こして座る。ハンモックみたいな椅子に座るとおしりが包まれるような感覚があった。椅子に座って見上げると、空の高い位置に太陽があった。

「ママと過ごした十六年って、なんだったんだろう」

いや、育ててもらって、こんなに体は大きくなったけど、何か別の形で残るものが欲しい。せめて私がママから受け取ったものが形として残っていれば、これまでが無駄じゃなかったような気もする。

「ママとたくさん歌の練習をしたなあ」

太陽を見ながらそんなことをつぶやいて、ふと思い立つ。

一曲、録音してみようって。

きっとそれが、私たちの残せるものなんじゃないかと、そう思ってしまったら、それしかないという気になってくる。

思い立ったが吉日(きちじつ)だった。

部屋に入ってクローゼットを開ける。

そこにあったノートパソコンに手を合わせて、「使わせてもらいます」ってサヤさんに謝った。

そして、パソコンにインストールされているソフトに何があるのか見ていって、ネットでどんなソフトなのか調べていった。

いろいろ調べていくうちにすぐ夕方になっていて、おかあさんから着替えなさいって言われるし、おとうさんのバーベキューの準備も始まった。

ネットにあったカラオケ音源から曲を選んで、録音ソフトにセットする。

曲は、Ｙｏｒｕのデビュー曲にした。

設定が案外難しかった。

一番難しかったのはＢＰＭっていうテンポの設定だった。

何度も微調整してはようやく設定できた。

よし。これで録音の準備が整った。

そう思ったときだった。

何度か練習して、あとは録音ボタンを押すだけだった。

「愛咲ちゃ〜ん。そろそろ花火はじまるよ〜」

と、おかあさんが心配して部屋に入ってきた。

私がクローゼットから顔を出すと、

「なんでクローゼットに入ってるの」

「狭い所って落ち着くから」

と、ちょっときびしいごまかし方をした。

おかあさんは、ふーん、って納得しきっていない顔をして、あと二十分で打ち上げ開始だかられって部屋を出て行った。

窓から見える外は暗くなっていて、だけどなんだろう、祭りの華やかさで淡く色づいていた。

よし。歌おう。

クローゼットを閉め切って、ヘッドホンを右耳に当てる。

左耳は開けておいて、自分の声が聞こえるようにした。

「ああ！　ああ！」

クローゼットを閉め切ると、急に無音になった。洋服とかが音を吸収するのか反響音が少なくて、すごく静かに思える。録音スタジオってこんな感じなのかな。テンションが上がる。

真っ暗なクローゼットで、モニターだけが光っていた。

ここがＹｏｒｕの録音スタジオだったんだ。

私も、上手に歌えたらいいな。

そう願いを込めて深呼吸した。

狭い真っ黒なクローゼットの中で、私の吐息の音が体の内側から聞こえた。

よし。

歌詞が始まる四小節前から音楽を始める。

録音ソフトのメトロノーム機能をオンにする。

チンタンタンタン、チンタンタンタン、とリズムが刻まれた。

そして、大きく息を吸った。

ママと練習したＹｏｒｕの曲を、一生懸命歌った。

ビブラートとかウィスパーボイスとか、自分ができることぜんぶ駆使して、感情を込めて歌った。けど、声が震えているって自分でもわかった。

カラオケみたいにガイドボーカルのような補助はない。

バックミュージックだけで歌うってすごく難しい。キーがズレていないか不安になる。

サヤさんも、最初はこんな感じだったのかな。

そんなことを思いながら、上手に歌えていたらいいなあって、一曲歌いきる。

本来の録音って、細かく切りながら歌って、上手に歌えたものをソフトで切り貼りするらしいけど、今日は時間もないし、一発録りするしかなかった。セルフファーストテイクだ。

うまく歌えたかなあって、少しだけ期待している自分がいた。

いつもママと歌っていた曲だから、及第点くらいはもらえる歌になったんじゃないかな。

そんなことを考えて、録音した自分の歌を再生した。

「…………」

自分の歌を聴き終わるまでは無言だった。

自分の歌を聴き終わって、すぐ「あはは」って声が出た。

これはもう笑うしかなかった。

自分の才能が恐ろしくなったのだ。

もう笑えるぐらい、全然できていなかった。

「なんだこれ」

たまに音を外すし、声は震えているし、母音が聞き取りづらい。ビブラートとかウィスパーボイスとか、そういうテクニック以前に……ふつうに下手。

そんなことを思うほど下手っぴで。ママとかＹｏｒｕとかと全然違う。

圧倒的な歌唱力の差を感じるほど、私の歌は下手だった。

「あ～、こんなに下手だったんだ、私」

なんだろう。

この結果に私は絶望してしまった。

結局ママからあんなに教わったのに私は何も受け取れていなくて、そして何も残らない。

そんなことを考えると、もうバーベキューとか、花火とか、キツくなってくる。

このまま仮病でも使ってふて寝しようかな。

ダメだな。空気がわるくなる。

最近いつも泣いている気がするけど、今日も目頭から熱いものが込み上げてしまった。

「これどうしようかな。保存せずに消そうかな」

五時間くらいかかって生まれて初めて録音したデータを消してしまうか迷っていた。

えいやで消してしまおうとしたときだった。

ソフトの「最近使ったファイル」に、「ママへ」というファイルがあることに気がついた。

パソコンの中に入っていた録音したデータは、隅々まで聴いた気がする。

けど、こうやって、録音の途中で、最終的な再生ファイルに書き出していない音源も、このソフトの中に入っていることを知った。

「ママへ？」

お墓を掘り返すような真似はしちゃいけないと思ったけど、どうしても私はそのファイルが気になってしまった。

「サヤさん、ごめん」

手が勝手に動いていた。

予想に反して、すぐ歌は流れなかった。

代わりに、言葉が入っていた。


『大好きなママへ』


と、声がした。

いつも聞いていたＹｏｒｕのしゃべり声だった。

その声は、いつもよりやさしい声だった。

『大好きなママへ。
今まで本当にありがとう。
これはママを想(おも)って作った曲です』

なんだろうこれ。
聴いていいものなのかな。
そう思って停止ボタンを押そうとしても、押せなかった。

『勉強しなさいとか、家事を手伝いなさいとか、
自分の趣味で洋服を選んでくるところとか、
ママの嫌いなところはたくさんあるけど。
おいしい料理を作ってくれるところとか、
なんだかんだ応援してくれるところとか、
そういうところがママの大好きなところです。

一度、ママと大喧嘩(げんか)したことがあったよね。
私が決めたことをどうせ認めてくれないから、
私は何も言えなかった。
私が黙っているから、ママも怒っちゃって。
あのときは、本気で家を出て行こうかと思いました。
けど、ごめんね。
たぶん私は、ママに認めてほしいだけだったんだと思う。

うじうじしちゃうところとか、おおざっぱなところとか。
歌が好きなところとか、苦手なところとか。
歌の趣味だとか、洋服の趣味だとか。
大事にしているものとか、大事にしていないものだとか。
似ているところ似てないところがあるけれど、
やっぱり私は、ママのこどもなんだって思うんだ。

ね、ママ。
これだけは言わせて。

私のママになってくれて、ありがとう。

本当に、これが本心です。


そんな気持ちを、歌にしてみました。

タイトルは、未定です。

じゃないか。

とりあえず、「ママへ」というタイトルで。

聴いてください。ママへ』

メッセージのあと、ギターの前奏が始まった。

Ｙｏｒｕのメッセージは、私も心当たりがある言葉ばかりだった。

ママの嫌いなところ、好きなところ。

昔、ママとのすれ違いから、本気で喧嘩したこと。

ママと似ているところや、似ていないところ。

ママと血が繋（つな）がっていないって言われても。ママと血が繋がっていないって知ったとしても、それでも、世界にひとりの存在だって思ったこと。
全部、心当たりがあって、なんだろう、ドキドキした。
前奏のあと、Ｙｏｒｕは大きく息を吸った。

星が輝く夜　私を照らすように
強さをくれる　温かな光
疲れたときもひとりじゃない
あなたのそばなら大丈夫

いつも一緒に　歩いた海辺
寄り添う風　安らぎを運んで
たとえ光さえ見えなくても
あなたの声なら届くから

母親への愛、とは違う。
大好きとか、愛しているとか、そういう言葉は使っていなかった。
ただただ、いっしょにいてうれしいという歌を、ギターを鳴らして歌っていた。

いい歌だと思った。

聴いていて、心が震えるというか。

まるで、ふたりで海の夜明けを見るような、心に光が広がるような歌だと思った。

サビに入るのか、Ｙｏｒｕはギターを大きくかき鳴らした。

海に花束（はなたば）を投げたら　あなたに届くかな
夜の水面　朝焼けが照らす
いつかちゃんと渡せるかな
たくさんのありがとうをあなたに

なんだろう。Ｙｏｒｕの歌を聴くと、どんどん涙があふれてしまった。

ありがとうって何度もＹｏｒｕは歌っていた。

Ｙｏｒｕも自分のママが好きだったんだって、そう思えば思うほど、涙があふれてくる。

拭（ぬぐ）っても拭っても涙があふれて、止まらなくなってしまった。

☀

Ｙｏｒｕの歌を聴き終わると、私はいてもたってもいられなくなっていた。

ちょうど、花火が始まった。

ドン、と窓の外で花火が割れて、窓ガラスがカラフルに彩られた。

オープニングの花火が次々に上がる。

この花火を、ママはひとりで見ているのだろうか。

そんなことに気がつくと、自然と足が動いていた。

すぐ部屋から出て、廊下を走る。

「どこ行くの？」っておかあさんの声がした。

「おーい！　肉は」っておとうさんの声もした。

「やっぱり友達と花火見ることになった！」

私は叫びながら靴を履いていた。

玄関まですぐおかあさんが追いかけてきた。

「ごはんは？」

「外で食べるから大丈夫」

「お金持ってるの？」

「あるよ。大丈夫」

「遅くならないようにね」

おかあさんは心配そうな顔をしていた。

いってきます、と私はドアを開ける。

玄関を出て、廊下を走って、エレベーターのボタンを押した。

エレベーターが待てなくてすぐとなりの階段を走ってしまった。

さすが十三階の高層マンションの階段だ。走って下りただけで息が切れていた。

マンションを出たら左右を見た。

そのときだった。

わあ～！

と、花火が打ち上がる音に合わせてたくさんの人の声が聞こえた。今年も関門海峡花火大会が始まったのだ。

船着き場の方向はすごい人混みだった。

この調子だと船着き場までたどり着けそうにない。

海で花火を打ち上げているから船も運航しているかわからない。

だから私は右へ、人道の方へ走った。人道なら行けると思った。

関門トンネルの人道を走って門司港へ。

一刻も早く、ママに会いたかった。

走り始めるとすぐ、マンションが陰になって見えなかった空に、花火が浮かんでいることに気がついた。同時に、空がカラフルに色づいていることにも気がついた。赤青黄が、真っ黒な空を染め上げている。道も染めている。花火が破裂するたび、アスファルトの道を色とりどりに染めていく。

ドン、ドン、ドン、とすごい数の花火が上がる。

目の前に見える関門橋（かんもんきょう）も花火を映して七色に輝いているように見える。

全速力で走っている。汗がすぐ出る。人混みがすごくて人の間を縫（ぬ）うように走っていく。

みんな、立ち止まって空を見ていた。うっすらと笑って、「すごいなあ！」とか「大きいぞ！」とか空に向かって叫んでいる。

関門橋の下をくぐって壇ノ浦（だんのうら）に抜けると、さらに人が多かった。

後ろをちらっと見ると空が開けて、下関の花火も門司港の花火もよく見えた。

どんどん息が上がっていた。今まで歌の練習で走っていたけど、こんなに全速力で走ったことはない。体力が尽きそうだった。あ、ここが穴場なのかなって思って、ふと足を止めそうになった。少し休んで花火でも見ようって。

そのときだった。

ママ、ママって、こどもの声がした。

ごめん、ママがいいって。

父親に抱かれたちいさな女の子が、ママを求めて手を伸ばしている。

こどもはママに抱かれて、ママの首にぎゅってした。

なんだろう。幸せそうなこどもの顔が、頭から離れなかった。

走らなきゃって、思えてくる。

また、ひときわ大きな破裂音がした。

わあ〜って、みんなが声を上げる。人の顔が花火の色を映している。

私は人の間をすり抜けるように走っていく。

ようやく関門トンネルの人道入り口に着いて、エレベーターのボタンを押す。

花火が上がっている時間に人道に入ろうとするような人はいないようで、だれもいない。

エレベーターが上がってくる時間がもどかしかった。けどこっちに階段はない。

エレベーターで降りて、また走る。海の底まで降りて、私は走っていく。

堅いコンクリートで覆(おお)われた人道には人はいなかった。青い天井(てんじょう)に白い壁。茶色の床には白い文字で、「↑門司」と書かれてある。

私は矢印の方へ走った。障害物のないコンクリートの一本道を、短距離走のように走った。

足が空回ってこけそうになった。もう口の中から血の味がしていた。関係なかった。肺が潰(つぶ)れてもいいって思えた。一刻も早く行きたかった。門司港に。私の街に。

走っていくと、山口(やまぐち)県と福岡(ふくおか)県の県境が見えた。

ここまでが山口で、あっちに行くと福岡。県境の白線だ。

私はそれをジャンプして飛び越える。

「門司港に入った！」

叫ぶと、入った、入った、入った、と私の声がトンネルに反響した。

おかしくなって笑ってしまう。笑ってしまって息が切れて咳き込んでしまった。

もう疲労困憊。ぜえぜえ、と地上へのエレベーター前で、壁に手をついて息を整えた。

エレベーターに乗る。

ふっと重力がかかる。

エレベーターが私を私の街に連れて行ってくれる！

ドアが開くとまた花火の音がした。鳥居が見えた。夜空と鳥居と関門海峡と白い花火。

人道前の広場から海がよく見えて、潮の匂いがした。潮の匂いと、かすかに火薬のような花火の匂いがする。下関側の花火がよく見えるからか、やっぱりこっちも人が多い。

私はママのお店へ急いだ。

花火はクライマックスを迎えるのか、一段と高く、一段と鮮烈で、大きな花火が上がった。

先に光が開いて、遅れて、大きな音で、ドン、って鳴った。

しだれ桜のように光の筋を残して消えていく花火を見ながら私は走っていく。

さっきの花火が最後だったのか、花火がやんで、人混みも動き始めた。

同じ方向に流れるからか、とても走りづらい。

気ばかり焦るけど、うまく走れない。
そのときだった。スマホに着信が入った。おかあさんだった。
電話に出ると、第一声は、『帰るの、どのくらいになりそう？』だった。
『バーベキュー用のお肉も残っているから、帰ったら食べられるけど』
と、おかあさんは今日も私に帰る場所を用意してくれているんだって思った。
ママのところに行きたい、行くね、行かせてほしい。
そんな言葉を言えばいいのに、私はどうしてもその言葉が出せなかった。
私は息切れしながら言葉を探した。
「おかあさん。お願いがあるの」
『なに？』
「私の部屋のクローゼット見て」
『けど』
躊躇するおかあさんに、「見てほしいの」って強く言った。
「パソコンがあるから、パスワードは『０２０４』」
私たちの誕生日！
って、叫んでいた。
そう。私たちの誕生日だ。

『ちょ、ちょっと待ってね』

「ログインできたら、黒い画面があって、真ん中の下の方に再生ボタンがあるから！」

おかあさんにもＹｏｒｕの声を届けたかった。Ｙｏｒｕで、サヤさんの声を。

矢継ぎ早に説明したからおかあさんは困惑していた。

マウスを動かしたらログイン画面になるからとか、画面の下ってどこ？　とか。

ちょっと戸惑いながらも、おかあさんは私の説明を理解してくれた。

少ししてから、あった、これね、とか声が聞こえ出す。

パソコンからヘッドホンの線を抜いてもらった。

電話の向こうで、おかあさんがＹｏｒｕの声を聞いていた。断片的にＹｏｒｕの声が聞こえる。

鼻をすする音がした。

そして、Ｙｏｒｕの歌が流れ始めた。

次第に鼻をすする音が、泣き声に変わっていく。

『愛咲ちゃん、これ、どうしたの？』

って、おかあさんが言う。

「おかあさん、この前、サヤさんはママのこどもだったのかなあって言ったじゃん」

けど、違ったんだよ！

その言葉を思ったより大きな声で言ってしまった。

知らないおじさんに振り向かれて、怪訝な顔をされた。

関係なかった。おかあさんに伝えたかった。

まるで叫ぶような大きな声で、

「サヤさん、おかあさんが好きだったんだよ！　世界にひとりのおかあさんが、大好きだったんだよ！」

すると、すすり泣く音が一層強くなった。私まで泣きそうになった。

こんなこと、サヤさんは求めていたんだろうか。

そんなことを思った。

けど、おかあさんなら、きっと聞きたいんじゃないかなって思った。

ごめん。サヤさん。

だけど、おかあさんのことを思うと、どうしても聞かせてあげたかった。

もうおかあさんは泣いて泣いて、話せる感じじゃなかった。

ごめん、私、行くね。

そう言って、電話を切った。

ちょうど空いている横道に入れて、また走れた。

もう何キロ走っているんだろう。

三キロ？　五キロ？　こんなに全力で走ったことは今までにない。

ママに会いたい。

ママに会いたい。

そう思うだけで目頭が熱くなった。

自然と足は回る。この日のために私は毎日ランニングしていたんだって、そう思えた。

もう足の裏が痛かった。

足首も折れそう。足の爪から血が出てないかなあってくらい、さっきから鈍痛がする。

お店が見えてきた。

雑居ビルの壁に手をつくと、ひざが笑っていた。

はあはあ、と自分の息の音がする。どくどくと自分の心臓の音もする。

ママはいるだろうか。そういえば花火大会の日は店を開けないって言っていた。

もしかすると、私がいなくて暇だからお店を開けているかもしれないし、もしかすると、家でゆっくりしているかもしれない。

お店にいなかったら、家に行こうと思っていた。

お店を見る。どくんと心臓が跳ねた。お店の明かりがついていたのだ。

あ、ママがいるかも。

そう思ったときだった。

ママが顔だけひょっこりと出して、お客さんいないかなあって見渡した。

そして、やっぱり今日はいないよな、って顔をして、お店に戻った。

ママ！

そう叫ぼうとしたけど、声が出なかった。

ばくばくと、心臓はうるさい。

私はゆっくりお店に近づいて、ドアの取っ手を握(にぎ)った。

何を話そう。ぜんぜんまとまってない。

けど、もうどうでもよかった。

ただただ……会いたい。

決心して、ドアを引いた。

カランカランと鈴が鳴った。

「あ、いらっしゃいませ〜！」

満面の笑みでママが振り返って、私を見た瞬間、目を見開いた。

「アサ……どうしたの？」

肩で息をしていて、うまく言葉が出なかった。喉(のど)の奥がひっついてカラカラだった。唾(つば)を飲もうにも、もう唾も出てこない。なにかしゃべろうと何度も喉の奥を鳴らそうとする。けど、何度やってもダメだった。

「走ってきたの？」

「う、うん」

って、ようやく声が出た。「み、水」って言う。

ママが注いでくれた水を一気に飲む。

「で、アサ、どうしたの。あっちの家は？」

ママの言葉を無視して、お店のカラオケに曲をセットする。

「ちょっと、なに勝手に」

「歌いたくなっただけだから！」

マイク越しにぴしゃりとママへ言う。

ママは怪訝な顔をして、「え〜、どういうことよ」って言っていた。

私はお店の広い場所に立って、ライトの光を浴びた。

前奏が流れた。

大きく息を吸った。

「完全な黒なんてないんだって外を見た♪」

ママといっしょに歌っていた歌を、自分のできるかぎりの力で歌う。

今まで教えてもらったことを意識して、一生懸命声に気持ちを乗せた。

前に、だれに歌っているのか思い浮かべながら歌ったら？　ってママに言われた。

だから今日は、目の前のママに向かって歌う。

なんだろう。

ママがそこにいる。

歌っていると視界がにじんだ。

涙は流さないように、がまんした。

一曲が終わる。

今の私の精一杯をその曲に込めた。

歌い終わって、「どう？」って聞いてみる。

するとママは、いつもの調子で、

「う～ん。七十点？」

ですって。

「ちょっと！　八十点はあるでしょ」

「いや、音外してたし、声量も安定してないからね」

ちょっと悔（くや）しくなって、もう一曲入れる。

「ちょっとアサ、お客さんが来たらどうするの」

「もう、ドアのところ『close』にしておいたから！」

「なに勝手に」

あきれているママを無視して、もう一曲歌った。

リズムと音程を合わせながら、鼻の奥で声をぶつけるように、自分の声を膨らませながら、精一杯歌う。

「何点？」

「今回は七十二点」

「うそでしょ！」

「やっぱりアサはへたうまの部類よね」

そう、ママは笑った。

それがなんだか悔しくて、それでもなんというか、今まで何度も言われた言葉を聞いて、胸の奥が熱くなった。

「そうだよ！」

って、私は叫んでいた。

ママはきょとんとしている。

私は止まらなかった。

「私の歌が下手なのは遺伝だもん！　おかあさんすっごい下手だったんだから！　ああ、さすがに血が繋がっているんだなって思ったよ！」

私がそう言うと、ママは急に真顔になって、「そう」って言った。

「だったらやっぱり、あっちで暮らした方がいいんじゃないの」

　ママはそう言ってうつむく。

「きっとアサにとって、そっちの方が幸せだよ」

　自分の身を抱きしめるようにして、ママは悲しそうにそう言った。

　そんな顔を見て、こんなことを言いたいわけじゃないって思った。

　こんなことを言いに、下関から走って来たんじゃないって、思った。

「けどね！」

　と、私はすぐ言った。

「私が歌が好きなのは、ママからもらったんだよ」

　こんな言葉が自分の口からあふれ出て、自然と涙が出た。

「だっておかあさん、歌が好きじゃないいんだもん。私がこんなに歌を好きになったのは、ママのおかげなんだよ」

　次々に涙がこぼれ、手のひらで拭った。

「そう」

　って、ママが言ってくれる。

「だから。私、歌が好きだから。まだ決めていないんだけど、将来は音楽系の学校に行きたい。これ、ずっと言ってなかったんだけど、そうしたいの」

「そう」

って、またママが言ってくれた。

「でね。やっぱり私、ママと暮らしたいの」

そう口にすると、涙がわっと出てしまった。口が震えて、嗚咽に変わっていく。

思えば、何年もママにこうしたいって言えてなかった気がする。

自分がしたいことをちゃんと口にしていなかった気がする。

遠慮なのか、気恥ずかしさなのかわからない。けど、私はずっと自分のことを言えていなかった気がする。

「歌もいっぱい教えてほしい」

涙が止まらなかった。

ちゃんと言わないとって思った。

「これからも、ママといっしょに暮らしたい」

ママは、ちょっと考えて、上を見て、鼻をすすった。

「ママね、アサは佐々木さんのところで暮らすのが幸せになれると思ったの。ここだと家を手伝わせてばかりだし、好きなこともさせてあげられない。毎日が一生懸命で、アサを気遣う余裕もない」

そんなことを、ママは悲しそうに言った。

そんなママに、思わず大きな声が出た。

「私の幸せってなんなの。勝手にひとりで納得して、決めつけないでよ！」

ママは驚いた顔をしていた。

「そりゃあ、アサが自分らしく暮らせることよ。ママはね、アサが幸せなら、それで十分なの。アサも楽しそうだし、むこうもアサを十分に大切にしてくれる。よかったなって、ママは思ったの」

そうやって、ママはまたうじうじする。

だから、私は言っていた。

「いっしょにいたいじゃダメなの？」

って。

「いっしょに暮した十六年はなんだったの。私のママは、ママしかいないんだよ。そんなこと言うの、やめてよ」

もう、涙が止まらなった。

ママはママなのに、そうやって、自分のことダメな親みたいに言うのやめてよ。

私が泣いていると、ママは、

「よかった」

って、湿り気のある声で言った。

そして、

「よかった。アサが、そう言ってくれて、よかった」

って、またつぶやいて、ママは、んっく、んっく、と泣き始めた。

泣きながら、

「ママも一生懸命がんばるから、いっしょに暮らそう」

そう言ってくれた。

ママは目を真っ赤にして口元を震わせている。

ママが泣いているところを、私は見たことがなかった。

お店が苦しいときも、私が言うことを聞かなかったときも、私と血が繋がっていないってわかったときだって、ママはひとつも泣いたりしなかった。

けど、今日は泣いてくれるんだ。

そう思うと、鼻の奥がつんとした。

「ママ、泣かないでよ」

ママの涙を見ると、私まで止まらなくなってしまう。

「ごめん、ごめん」

ママはそう言って、ティッシュでメイクが落ちないように目元を押さえていた。

「いっしょにいたいってだけでいいのよね」

そんなことをママはつぶやいて、せっかくティッシュで涙をぬぐったのにまた泣き始めた。

カウンターから出てきて、私を抱きしめてくれた。

「帰ってきてくれて、ありがとう。おかえり」

ママのその言葉に、私は「ただいま」って言って、涙が止まらなくなってしまった。

ふたりでしばらく泣いていたと思う。

こんなことは初めてだった。たぶん一生に一度のことになると思う。

気恥ずかしくなってしまって、

「ね。今日はこのまま歌っていい？」

って、言っていた。

ママはため息を吐いて、

「いいよ。どうせ花火大会の日は、開けるつもりなかったし」

って、笑ってくれた。

「それよりごはん食べたの？」

「あ。食べてない」

はあ、とため息を吐いてママは奥に引っ込む。

パスタでいい？　って声がした。

それから私はずっとお店で歌った。

ママも歌った。

圧倒的な歌唱力に悔しく思いながら、いつか私もと歌い続けた。

そろそろ帰るよ、ってママが言って、外に出た。

外に出ると、空は白み出していた。

「もう朝だね」

ママに言うと、「あんたが歌いすぎよ」って笑われた。

「ね。海を見に行かない？」

「今から？」

「いいじゃん。朝日が見たい」

しぶしぶママは付いてきてくれた。

いつもの船着き場から海を見た。

空気は涼しくて、潮の匂いがした。

働き者の蝉（せみ）が早起きしたのか、もう鳴き始めていた。

空は深い紫色から徐々に明るい青色に変わっている。

東の方にやわらかなオレンジ色が見える。

ミンミンと蝉の鳴き声のリズムに合わせて心臓が脈打った。

関門海峡の水面は、光がちらちらと揺れている。

夜が明けて、朝が来ていた。

☀

サヤさんのお墓は彦島(ひこしま)の先にあった。

ママとおかあさんとおとうさんと全員でお墓参りをすることにした。

関門海峡の目の前で海がよく見える墓地だった。

サヤさんは佐々木家のお墓に入っていた。

御影石(みかげいし)のつるつるしたお墓の目の前で思う。

やっぱり、話してみたかったなあって。

たぶんママみたいな性格で、ずばずば言ってきそうだし、ちいさいことでうじうじしてそうだとも思う。思ったより面倒な性格なんだろうなあと思いながらも、きっと親友になれる気がした。ママと似ているなら、きっと仲良くなったんだろうなあって。

もう叶(かな)わない願いだけど、きっとサヤさんは私の中で生き続ける。

Ｙｏｒｕとして、佐々木沙夜(さや)として。

おとうさんとおかあさんといっしょに手を合わせた。

みんなお墓の前で無言になって、ミンミンと蝉ばかりが鳴いていた。

お線香の香りに包まれながら、ゆっくりと、サヤさんと話をした。

ファンです！

あなたに救われました！

そんなことを言われて困るだろうけど、やっぱり伝えたかった。

私は救われました、って。

Ｙｏｒｕに。そして、サヤさんに。

ありがとう、って。

今までの感謝と、これからも推し続けることを。

そして。

ママはこんな人だったんだよとか、できる限りのことを教えてあげた。

そういうことを、たくさん伝えた。

私が立ち上がると、後ろに眉根(まゆね)を寄せて神妙な面持(おもも)ちをしたママがいた。

「ママ、緊張してる？」

そう言うと、ママは困ったように笑った。

「緊張っていうか、こういうとき、どんな顔をしたらいいかわからなくって」

会えなくてごめんとか、育ててあげられなくてごめんとか、もしかすると、親ならたくさん思うことはあるのかもしれない。

けどなんとなく、サヤさんはそういう言葉はほしがっていないって思った。

「大丈夫だよ。はじめましてって、自己紹介したらいいいんだよ」

そう言って、ママの背中を押す。

それからママはお墓の前にしゃがみ込んで、何分もかけて話をしていた。

線香の煙が、まるで糸電話の糸のように見えた。

「ごめんね。おかあさん」

少し離れたところで、私はおかあさんとふたりで、ママの後ろ姿を見ていた。

「なにが？」

「いっしょに暮らせなくて」

そんなこと考えてたの？　って、おかあさんはびっくりしていた。

「私たちも、向こうがいいんだろうなあって思ってたよ。けど、愛咲ちゃんがこっちで暮らしたいって言ったら、全力で育てるつもりだっただけ」

そんなことを言うおかあさんの顔はどこかさっぱりしていた。

ねえ愛咲ちゃん、っておかあさんは続けた。

「もっとね、自分がしたいことを言っていいのよ」

って。

「愛が咲くって、本当に美由紀（みゆき）さんは良い名前をつけたと思うの」

いっしょにママの後ろ姿を見ながら、おかあさんは続けた。

「私たちは愛咲ちゃんを心の底から愛している。だから、遠慮せず、なんでも言っていいのよ」

なんだろう。その言葉が私の内側にずしんときた。

「じゃあ、おかあさん」

「なに？」

「たまにごはん、食べに行っていい？」

そう言うと、おかあさんは、「もちろん」って満面の笑みをくれた。

ママが立ち上がって、おかあさんをじっと見た。

そして、深々と頭を下げた。

ありがとうなのか、ごめんなさいなのか、その意味はわからなかった。

もしかすると、がんばります、かもしれない。私にはまだ親心はわからない。

そして頭を上げたママの表情は、おかあさんと同じくらいさっぱりしていた。

「愛咲、行こうか」

そう言って、ママは手を繋いできた。

何年も久しぶりに、ママと手を繋いだ気がした。

ファンレター、作品の
ご感想をお待ちしています

〈あて先〉

〒105-0001
東京都港区虎ノ門2-2-1
SBクリエイティブ（株）
GA文庫編集部 気付

「志馬なにがし先生」係
「raemz先生」係

本書に関するご意見・ご感想は
右のQRコードよりお寄せください。

※アクセスの際や登録時に発生する通信費等はご負担ください。

https://ga.sbcr.jp/

夜が明けたら朝が来る

発　行　　2024年8月31日　初版第一刷発行

著　者　　志馬なにがし
発行者　　出井貴完

発行所　　SBクリエイティブ株式会社
〒105-0001
東京都港区虎ノ門2-2-1

装　丁　　長﨑 綾（next door design）

印刷・製本　中央精版印刷株式会社

ISBN978-4-8156-2640-2
Printed in Japan　　GA文庫

試読版は
こちら!